旅行是为了更好的生活

TRAVELLING FOR A BETTER LIFE

狄嘉熠 著

SUNCHIME 三辰影库音像出版社

责任编辑：朱　江

图书在版编目（ＣＩＰ）数据

旅行是为了更好的生活 / 狄嘉熠著 . -- 北京 : 三辰影库电子音像出版社 , 2016.9

ISBN 978-7-83000-199-5

Ⅰ . ①旅… Ⅱ . ①狄… Ⅲ . ①游记－作品集－中国－当代 Ⅳ . ① I267.4

中国版本图书馆 CIP 数据核字 (2016) 第 209838 号

书　　名	旅行是为了更好的生活
作　　者	狄嘉熠
出 版 人	王六一
出版发行	三辰影库音像出版社
社　　址	北京市朝阳区北苑路媒体村天畅园 2 号楼
网　　址	http://www.sunchime.cn
印　　制	北京市玖仁伟业印刷有限公司
开　　本	880 毫米 ×1230 毫米　1/32
印　　张	8.25
字　　数	192 千字
版　　次	2016 年 9 月第 1 版
印　　次	2016 年 9 月第 1 次印刷
书　　号	ISBN 978-7-83000-199-5
定　　价	39.80 元

清早的坛城，一位老妇人戴着一顶红色僧帽，穿着红色僧袍和一双红色棉鞋，一边走一边用右手转动着经筒，左手则不停地拨动着手中的珠串。她仅是万千僧众中的一员，可我却迷恋她脸上专注的神情，包括那一道道深深浅浅的皱纹，像是墙上斑驳的印迹。

我漫步于大理古城每一条幽深的小巷，看那些青瓦的民居，再去到一处宽敞的庭院，点上一杯热茶或咖啡，静享时光的流逝。

Gems Gallery
INTER LANKA GEMS
OPEN
KHALEEL'S

KHAL
PULL

自　序

爱你所爱，爱你值得爱的

不知道是从何时起，自己便开始向往远方的路途，幻想着能够独立自主地生活在自己定义的世界里，去自己想去的地方，做自己想做的事。年幼的我将这个遥不可及的梦想写进日记本，这么多年过去了，本子的纸质早已泛黄，边缘也有磨损，但之前的字迹却依旧清晰可辨，仿佛这一切都是有轨迹可循的，它便是最好的物证。

童年时代的这个梦想，在当时看来仅仅只是个幻想，因为我没有实现它的任何能力，所以走出去也不过是空喊口号罢了。尽管如此，我还是给自己列了很多愿望清单：

去普陀看大海，
去丽江看落日，
去敦煌看石窟，
去西藏看布达拉宫。

十年后，这些愿望大多早已实现，我也长大成人，但最初的那份情怀，那份对于梦想的坚持与期盼却成为我一生中最弥足珍贵的财富。很庆幸自己能在面对一切阻力与困难时，依旧选择坚持，依旧相信梦想。

常有人问我：你为什么始终不知疲倦地走在路上，旅行对你来说意味着什么？不得不承认我是一个旅行上瘾者，有时候，走得太久，走得太远，反而不容易停下来。早些年，我曾经一度认为自己眼中想看的风景就是眼前这片大好河山，而对于外面更为广阔的陌生世界，一直拒之门外。直到我真正地尝试着走出去，才发现竟是如此美妙。旅行一再改变着我对于事物的固有认知，将最为真实的风景推到我面前，充盈了我的人生。

这些年空暇的时候，我一直在行走，穿越一个又一个的城市，走过一条又一条的街道，见证一场又一场的离别。在旅途中遇到的那些人，他们与我交错的瞬间所带给我的温暖与感动，都在时光里留下了深深的印记，当时钟奔走数年后，依旧会清晰如昨，美至诡异。太多的时候，我们需要这样的瞬间来对抗平淡岁月中的一切孤独与痛苦，待到暮年，你才能明白自己那弥足珍贵的，一去不复返的光阴是在哪里稍稍做了停留。

人生这一路，有人太早看透了命运得玄妙，也有人觉悟得太晚，恍恍惚惚便度过了半生。我很庆幸当所有人都在朝九晚五、结婚生子并开始质疑我的生活方式时，自己仍能坚持初衷。一直记得中学时代恩师赠予我的那句话：爱你所爱，爱你值得爱的。于是，我用自己一生中最宝贵的十年青春只坚持做了两件事：写作和行走。

世界很大，风景很多，记得走出去，不要蜷缩在一处角落。当你在深夜沉睡时，吉隆坡机场依旧是灯火通明，人来人往；当你在清晨醒来时，厦门环岛路壮观的日出或许才刚刚开始上演；当你坐在办公室忙碌时，罗威纳成群的海豚正迎着朝阳追逐嬉戏；当你为今天不用加班而感到雀跃时，越南会安小镇已点起万盏灯火，照亮人们归家的路途。一切在你看来最为平淡的瞬间都能够成就一场惊鸿，因此，不要整天抱怨生活平淡无奇，而事实上，这个世界从来都不缺乏生动。

厦门环岛路壮观的日出

小镇会安，夜色中的五彩灯盏

此刻，我所在的城市迎来了入冬后的第一场雪，漫天飞舞的雪花像一个个跳跃的精灵，希望自己也能如这飞扬的雪花般有机会一直为一件美好的事物竭尽全力。

生是过客，跋涉虚无之境，唯愿你我，一路修行并有所得。

2015 年 2 月于南京

目　录

CONTENTS

引子：十年踪迹十年心

第一章　只为与你相遇

第二章　柔软的时光

第三章　邂逅美丽的意外

第四章　海岛奇遇

第五章　旅行是一场修行

第六章　灵魂归处

引 子

十年踪迹 十年心

黑白片独白

壹：自谈

十年前，我虽一无所有，但至少还有青春，而今，我依旧贫乏，青春也已然不在。剩下的，不过是这些年一些惨淡的过往，实在不值一提，但它却真实的存在着，无法复制，不可更改。

从小，看似性格柔弱的我，其实一直在与命运和传统观念做抗争，不愿墨守陈规，不想被现实所羁绊，只希望能做一回真正的自己。可不曾想到，这场持久战从成年的时候开始打响，直到今天仍旧未能停止。

“你是一个很特别的女子”很多曾与我相识的人都这样来评价我，可我知道这个“特别”更多的含义应该是冷漠、孤傲、与现实社会格格不入。

1

我常会问自己一个问题：假如走过的路可以重新再走，做过的梦可以夜夜重温，是不是一切都来得及重新开始？然而，人生并没有那么多的假如，生活也从来并非易事。

我们周遭的世界充斥着太多的条条框框，它往往令人举步维艰，最后不得不学会向现实和命运低头。可执拗的我却非要走一条与众不同的道路，在别人眼中，这本身便是一个不着边际的幻想，只有我称它为梦想，并心甘情愿为它赴一场华丽的冒险。

大学毕业那会儿，我一直想找一份喜爱的工作，以此来确认自我存在的方式，不仅是为了一份薪水而周旋于形形色色的人群之中。可现实是，在此后的三年多时间里，自己所从事的每一份工作都是身不由己。记得曾遇到过一位女上司，平时性格直爽泼辣，同事们都很怕她，而当我对她说自己要辞职的时候，她竟然什么也没问。或许是当时难以启齿，后来她给我发了条短信，她说：有空记得常来找我，我朋友不多，平常能一起说说话的更少。那时，我才明白在钢筋水泥的现代都市里，每个看似冷酷坚强的人背后，都有着难以启齿的孤独，只是无人分享，所以必须克制与掩饰。而我，不想和他们一样被生活网住，只能戴着面具过活。

二十岁的时候，我的梦想是出一本书，成为可以靠文字谋生的人。如今，我快三十岁了，的确在靠文字谋生，但仅是为了生存。在这个城市生活了近十年，很多人说我执拗，其实他们不知道我内心想要的不是足够得多，只是足够的喜欢。

这十年里，是它承载了我最初的梦想与期盼，让我学会了独自面对黑夜，接受欢喜，容纳疼痛。有段时间，特别迷茫，情绪也低落到了谷底，宅在家里不愿出门，就像是一颗濒临死亡的植物在寂静中腐烂着。那是我第一次开始怀疑自己，怀疑曾经地选择。背井离乡多年，独自坚持至今，却依旧看不到出路在哪儿。这种感觉就像一位盲人，在没有拐杖的情况下独自走着一条漫长的道路，或许已经超出了其能力范围，才会显得如此手足无措。

一个寒风呼啸的夜晚，我蹲在街头 47 路公交站牌下，末班车已过，站台上空无一人。身上的钱已经不够打车，这意味着我将独自走上几公里的路。那一刻，我觉得自己看不到前路，似乎是被逼到了一处绝境。或许就应该放弃这座城市，放弃自己本不该有的坚持，回到小城守着家人，过着与旁人一样平淡无奇的生活。后来我想，什么是绝境？在电影《当幸福来敲门》里，男主角 ChrisGardner 濒临破产，妻子离他而去，没钱交房租只能带着儿子睡在车站的厕所。那晚他将厕所门反锁，抱着已经熟睡的儿子，在别人敲门时用力将门抵住，怕声音将孩子吵醒。我一直忘不了他屏住呼吸默默哭泣时的模样，是如此的无助。就算这样，他依旧没有放弃，我又有什么可以半途而废的理由？曾经在硕大的城市中辗转奔波，一个人认路，找落脚的地方；曾经站在寒风中瑟瑟发抖，无依无靠；曾经为了求学，为了梦想付出了巨大的煎熬，谁都可以否定你，但你不能放弃自己。直到今天，也不认为自己是比别人幸运，能将文字变成书籍与更多的人一起分享，我只是比普通人多了一份固守的坚持罢了。

3

是谁说的，改变世界不重要，重要的是，各自找到自己的世界。我从未曾想过要改变世界，但我一定会为了自己的世界与世俗的偏见不停地抗争下去。

贰：旅行

我们身边的世界就这么大，到头来不是我遇到你，就是你遇到我，只有奋不顾身的走出去，才有可能认识更多不同的人，看到不一样的人生。

旅行对我来说是一种认知，一种改变，让我学会去发现那个最为真实的自己。

在旅行中自己整个人的视觉，听觉，嗅觉，味觉都是被打开的，永远保持对新鲜事物的好奇，无论再累都可以随时满血复活，它为我打开了人生另一个崭新的通道，如果说还有遗憾的话，应该是我意识得太晚，走出去得太晚。

叁：人事

书中，很多故事都是发生在旅途中的，它们是真实存在的。

我用英文字母来代替每个人的名字，一是自己真的不擅长为每个人起一个适合的称呼；其次，我觉得名字只是一个称谓，对于人物本身的印象更多的还是要从故事入手。你始终无法预测，在旅途中下一秒能遇到什么，又会有怎样动人的瞬间被印在自己的脑海中。

一次，在黄山光明顶看日出，早晨五点不到就需起身，山顶温度很低，我着凉了，咽喉疼痛，无力地蹲坐在一块大石头上。当所有人都在欣赏红日初升的壮观景象时，一个与我素不相识的女孩独自走过来，关切地问我哪里不舒服，然后一直给我按压手上的虎口穴说可以缓解症状。当天，黄山的日出很美，而我唯一记住的只有那个女孩的侧脸。

第二次去四川，在途经曾克寺的时候，我们下车休息了一刻钟。当大巴准备再次开动时，透过模糊的车窗，我看到对面的土堆上突然多了十几个小喇嘛，他们大约十岁左右，有的站着，有的索性就地而坐，一齐向我们挥手、微笑。那种澄澈纯净的微笑，后来我在柬埔寨也曾看到过。

肆：文字

有人说，写作的人多半敏感、脆弱，一如创口上的肌肤。我觉得以此来形容自己倒是十分贴切。

这么多年了，也写过一些文字，很多人看过之后总觉得有种淡淡的忧伤。有人喜欢的同时，自然也有人不喜欢，而我唯一能做的就是于其中付出真实的感情。

写这本书的时候是夏天，将近半年时间我没有出过远门，在家里面对着电脑打字。手边有个小音响，是写作时用来放音乐用的。根据情绪地需要，我会选择播放一些适合的歌曲，一般是以舒缓的民谣为主。每当音乐声响起，情绪便会盘结在一起，最终凝结成文字。累的时候就找些早期的电影来看，有时候一部，有时候几部，一直持续到深夜。

这本书中，你会看到我常提及某部电影或某首歌曲，因为在我的世界里，音乐、影像以及文字三者缺一不可，它们给予我华丽的精神冲击，不可复制，亦无法取代。

伍：独白

用文字打败时间，用旅途治愈孤独。

这些年，走过的路，遇到的人，都在时光深处留下了或深或浅的印迹，一如初见般美丽！

最后，我要将这本书献给我的母亲、我的恩师以及所有带给我温暖和关爱的人们。

我对这个世界有期待

不久前，S突然说想去菲律宾看火山，我以为这只是他一时兴起，谁知一周后他却真的出发了。从上海到马尼拉，到黎牙实比，三天时间内连续四次飞行，仅仅只是为了去看一眼马荣火山。短暂的旅途，一个人的三天两夜，他为何会做出如此疯狂的决定？我一时找不到答案。

回国后，他办了一场名为《菲律宾的怯魅》的小型分享会，他说：“以前从未听说过黎牙实比这个小城，是因为一本书，才去到那里。当我见到

《Lonely Planet》菲律宾封面的那一刻，我决定，这便是我要去的地方。原来地球上真的有这么一个地方，一半是海水，徜徉着濒临灭绝的海洋生物；一半是火焰，沉寂着不知何时便会喷发的火山。当我站在马荣火山脚下时，四周静谧无人，只听到远处的海浪声，眼前有海鸥盘旋而过，火山顶上冒着白烟。那一刻，天地大美而不言，人与自然竟可以如此地接近。”至此，我明白了S的心境，是源于内心深处对这个世界的期待与热爱。

小时候，大人们都会问一个相同的问题：“长大了，你想当什么？”别的孩子会说想当医生，老师或者科学家，而我回答：“我想当空姐！”大人疑惑：“为什么啊？”“因为可以去很多不同的地方。”你看，从一开始我便对这个未知的世界充满着好奇与憧憬，这决定了此后我的人生将变得有所不同，某些旅程是生命中注定地训练与成长。和S一样，如果说有件事，值得我用一生去追寻，永不舍弃，那便是始终对这个绚烂的世界保持期待，并乐此不彼地奔波在寻找它的路上。

记得高二的第一节语文课，老师要找人朗读课文，教室里一下子变得鸦雀无声。性格内敛，从不说话的我却眼神坚定地望向了他，并举起了自己的

右手。那大抵是我整个学生时代最为主动地一次起身，只因徐志摩笔下的康桥，它深深地吸引了我。阳光明媚的午后，我站在教室半明半暗的角落，读着令人心醉的诗句：

轻轻的我走了，
正如我轻轻的来；
我轻轻的招手，
作别西天的云彩。
……

多年后，友人从英国留学归来，她告诉我英国的天气十分糟糕，街道狭小，物价昂贵，而剑桥大学也并不如徐志摩笔下那么令人难忘，去了多半会失望。即便如此又怎样，这么多年来它依然是我心中的康桥，我仍期待着某天与它相遇，然后亲自对它道一声：Hi！

有时候，我的确是个十分感性的人，经常会因为一本书、一个故事、一首歌曲亦或一部电影而对某个地方产生兴趣。心怀美好地期待，就像于内心深处播下心愿的种子，等待着来年春天能生根发芽。在这个过程中，不道听途说，也不设下定论，一切务必实践，是必须始终保持的理性。

世界很大，任何一处，在你没有去到之前，都不

存在标准答案，所以你有足够的理由去寻找最终的谜题。从最初的期待到最后的解答，至此，每个人都将收获属于自己那个独一无二的世界。

在丽江，我曾经遇到过这样一群人，他们居无定所，亦不知道自己的下一站该去往哪里，随兴所至，随遇而安，将自己有限的时间献给了看似永无止境的路途。我不禁猜想着，他们眼中的世界又会是什么样子？我们何必一定要以世俗的标准去评价生活，世界本身就是个玄之又玄的谜题，任何一种方式都可以导向不同的人生，其本身并无对错。

当我置身于日本京都大大小小的寺庙眼花缭乱之时，首次听闻了“四国遍路”。1200年前，弘法大师开创了一条朝拜之路，途经日本德岛，高知，爱媛以及香川四县，全程1200公里，共88座寺庙，朝拜的人须徒步走完全程。人生即遍路，而朝拜或许就是旅行最为纯粹的方式，它让你学会关照自己的内心，始终心怀虔信，慈悲地善待自己及他人。

第一次去到东南亚的陌生海岛，全岛上遍布着无数的潜水俱乐部，金发的女孩穿着比基尼，身材火辣地从你身边走过，白色的肌肤因烈日的暴晒已变得黝黑。午后，当所有人都出海浮潜的时候，我哪儿也没去，独自坐在酒店门口的长凳上，吹着海风。正对着大海发呆，不知从哪儿跑来一只小猫，一下跳到了长凳上。它认真地蹲坐在一边，微微昂起头和我一起望向大海的方向。就这样，我们度过了一段令人怀念的时光。回国后，再次忆起那个海岛，脑海里浮现的始终是：一把凳子，一个人，一只猫，我在左，它在右，同时仰头远眺的情景。

世界总是如此生动，而旅行的乐趣在于你永远不知道下一刻会发生什么，也不知道什么是偶然，什么是必然，充满着许多不确定性。可这份不确定的美好，不正是我们内心所期盼的吗？就像这只小猫，它突然闯入我的世界，并注定了将给予我一次难忘的经历。

人生天地间，忽如远行客。

光阴易逝，容颜易老。

但只要你对这个世界仍充满期待，它的光芒便会永远为你而闪耀。

旅行和梦想之间的距离

一次，与一位白领聊天，我问她："你还有梦想吗？"她竟用很惊讶的眼神望向我："梦想是什么？梦想就是在白日做梦，早知无法实现，还不如现实一点。""那你喜欢现在的这份工作吗？""谈不上喜欢，谋生罢了。""你多久会出去旅行一次？"对于我连续不断地发问，她似乎显得有些不耐烦，一边起身往外走，一边回头面无表情地对我说道："如果去旅行就能解决人生中的任何问题，我肯定会去，而事实上它并不能，况且我也没有时间，只有先生存下去，才能考虑如何去享受生活。”说罢，她的身影便消失在清晨忙碌的人群里。这番话似乎道出了当下大多数人的心声，他们认为旅行和梦想两者之间并无关联，旅行是在有充足时间和金钱的前提下发生的，是对周遭枯燥生活的一种弥补，必须以享受的姿态进行，而梦想却始终遥不可及，它早已被种种生活的现实所剥落，随着时间消失殆尽。

不知道当下是否还有人愿意将自己被遗忘的梦想重新拾起，而我仅是想告诉你，旅行和梦想之间的距离其实并不遥远，只要你选择相信。

人们常说，双鱼座的人爱做梦，这一点也不假。小时候，我的梦境里便充满着无数奇幻的色彩，有会飞的大象，会演奏音乐的房子，还有五彩的天空。成年之后，仍经常梦到只身闯入一片茂密的森林，从万米高空中突然坠落，亦或是站在一片大草原上，茫然四顾。梦里发生的一切，成为了现实生活的另一种延续，它带有某种象征意义，让我愿意去回忆、去描述它们。

到了中学时代，我渐渐开始明白文字对于自己的意义。有幸遇到了两位恩师，他们的出现以及对我的肯定给予了我很多鼓励和信心，也不断收获了一些奖项，但由始至终我仍在怀疑自己。二十岁那年，高中毕业，老师给我发了一条短信，他说：相信你会在这条路上走得更远，走得更好。我默默地问自己：“你可以吗？你会坚持这个梦想吗？”答案是不确定的。是啊，二十岁的梦想，那应该只能算是梦想，是每个人青春岁月中不可或缺的部分，注定会被取代、被遗忘。

后来上了大学，学了与文学相差甚远的专业。四年的时光转瞬即逝，除了最终交出的那篇几千字的毕业论文以外，其余时间都在与各种乐器打交道。只有当夜幕降临的时候，翻出枕边的笔记本开始记录，开始书写，那一刻才真正属于梦想。很多时候，我并不知道这样做的意义，但必须倾诉，就像人必须吃饭一样，是一种本能。

毕业后，毅然决定留在这座城市，在选择面前我放弃了学了多年的钢琴，坚持了自己的初衷。几年时间里，做过几乎所有与文字相关的工作，策划、文案、编辑等。生活总是在朝九晚五中继续着，平淡无奇，不好不坏。最长的一份工作大约持续了近两年时间，是在一家教育杂志社，每天要处理上万字的稿件，都是学术性的文字，枯燥乏味，不带任何情感与温度。渐渐地我开始陷入一种困顿：这是我想要的生活吗？生活总有它意想不到的残酷，使得梦想离我们越来越远。当所有人都觉得我该安定下来，准备结婚生子的时候，我又一次令她们失望了，这其中包括我母亲。

结束了一段不该再继续下去的感情，并向老板递了辞职信。一直以来，对自己都有着清晰且准确地判断，知道什么是自己想要的，什么是自己不想要的，从不勉强。所以，当我准备结束这一切的时候，内心却是格外的镇定。

回归到一个人的生活。那段时间，沉迷于电影，音乐和书籍，仿佛回到了最初的状态。抛开那些冰冷的文字，在影像，音符与文字里进进出出，顿时内心清朗，所有的过往被一并清空。

之后的日子，我开始旅行。和多数人一样，我清楚的知道，旅行不能解决生活中的任何问题，不管是失业还是失恋，迷失还是迷茫，但我深信它会给自己带来某种改变。就像电影《白日梦想家》里面的沃尔特一样，如果不是一次偶然的机会迫使他踏上冒险之旅，他可能永远只是个爱做白日梦的上班族。然而，当他决定出发的那一刻，他的人生开始发生了转变。从格陵兰到冰岛，再到翻越喜马拉雅，他经历了许多看似不可思议的事情，克服了内心的胆小与恐惧，最终找到了一直要找的答案，也如愿收获了爱情。

很多人不明白旅行的意义，常把旅游当成旅行。旅游可以以享受放松的姿态进行，而旅行则必须带上心灵，去体验、去感悟，有时候它也意味着冒险与挑战。

在旅行中，我一次次突破着自己的极限，徒步亚丁最高峰，走最险峻的长空栈道，穿越蚂蟥丛生的龙井河，在泰国蹦极，到大漠体验极速飞车。这些曾经看似不可能完成的事，原来都能够亲自实践。当然，令我收获最多的还是那份不期而遇的温暖，与你素不相识的人，因为旅行而相遇，他们给予我帮助，并从不需要回报。我们在日常生活中失去的相互信任与关爱，在旅

蹦极，有什么不敢

行中都可以完整地找回来。

所有人都认为我在不务正业，包括亲人和朋友。他们觉得我疯了，不工作，不结婚，无所事事，东奔西跑，到处去玩。我无法一一向他们解释这其中的意义，这一定不是他们所能接受的范畴，因为其偏离了世俗的标准。我也没办法告诉他们，这个世界上还有许多不同的人，过着和我们完全不一样的生活，他们肯定无法理解，因为他们从来就没有真正走出过自己的世界。

当无数质疑和巨大的压力一齐向我袭来的时候，自己也曾想过放弃，放弃梦想，停止旅途，回归正常。可有些事情，在选择继续的时候，便已经无法停止。

费里尼曾说过："把你自己投入人生的旅程，自始至终都不要失去开放的胸怀和童稚的热情，然后自然就会心想事成。"因此，即使置身一片黑暗之中，只要仍有一丝微弱的光亮，我都会不顾一切地往前走。我相信自己的每一次经历，都是在为了一个更为宏大的目标而积累力量。总有一天，梦想定会闪着光，发着亮，将我带到想去的远方，一切的远方。

终于在某天清晨，编辑 Z 找到我，要为我出版一本书，整整十年，梦想终于实现。那一刻，我本应该激动地说不出话，或者是将多年的委屈都付之于眼泪，亦或是向曾经质疑过自己的人给予最有力的反击。但那一刻，我却什么都没有做，只是庆幸自己无论多么艰难，都从未放弃过最初的那个梦想。

是梦想让我选择了旅行，而旅行则让我与梦想离得更近。不仅仅是我，好友 C 在去到尼泊尔之后，爱上了汉娜手绘，如今的她是一名出色的汉娜手绘师。Q 小姐在独自去土耳其旅行的途中，意外邂逅了现在的丈夫，如今一个人的旅途变成了始终两个人的牵手相伴。

所以，你要相信，生命中那些本不应该被遗忘的单纯梦想，也许真的会在某个时刻，某个地方，不期而至，踏步而来。

假如，你也曾因现实的种种而丢失了梦想，没关系，记得现在上路将它找回来。

20

像艳遇一样忧伤

中国 • 丽江

此刻我正走在一条陌生的街道，
擦肩而过的是个忧伤的旅人。
……
你的故事飘来了花香，
像艳遇一样忧伤。
——钟立风

第一次听到小钟这首歌时，和大多数人一样，脑海里立刻闪现出两个字：丽江，这个一直以来被人们称作艳遇高发地的地方。失恋了，去那儿治愈情伤，失意了，去那儿治愈感伤，似乎所有与情感相关的问题它都能够立刻药到病除。背包客辞职旅行的第一站是丽江，新婚夫妇蜜月游的第一站是丽江，学生们毕业旅行的首选仍是丽江。当然，去过之后是心生喜悦还是失望就因人而异了。常听人说，丽江是美丽的，像风情万种的少女，而在我眼里，它却是忧伤的，像艳遇一样忧伤。

傍晚六点，我置身于人群簇拥的城市广场，带着最为简单的行李。正值下班高峰期，打不到一辆出租车，只能拉着箱子步行十多分钟去往附近的地铁站。列车呼啸而过，一站站地停靠，到达机场时，天色已黑。过安检的时候，给C发了条微信：我快登机了，东西不多不必接机，我们直接在古镇门口会面。随后，关掉电话。

从南京到丽江，乘坐夜班飞机。二十分钟后，我在飞机上看到了夜空中灯光闪烁的城市，竟是那么地熟悉。多年前，当我独自来到这里时，并不曾想过会在此停留。而今，它却成为了我旅途中注定的出发和宿命式地抵达，从无差错。很快，飞机上升到一定高度，周围的乘客逐渐进入睡眠。在沉闷安静的机舱内，记忆似乎回到了最初的状态，所有被搁置或忽略的往事瞬间全部忆起。

丽江古城全景

这是我第二次去丽江，上一次大约是在两年前。从中甸乘坐当地的大巴，直奔古城而去。记得学生时代，丽江在我们心中的地位是近乎神话般的传奇。它不但是无数梦想的栖息地，也是理想主义的家园，仿佛一走进它，梦便开始了，绚烂得无法想象。以至于后来，L 在毕业临走的那一刻仍不忘与我相约丽江。那个约定承载了当时所有美好的期待，直到今天，七年过去了，我们却始终未曾携手同行。

两年前，第一次到古城的时候，穿行于密乱如麻的街道，不一会便迷失其中，不知来路，亦不知去向。十一月，南方正值寒冷的冬季，而这里却依旧温暖如春，因此即便是淡季，人亦非常多。

白天，古城内随处可见的店铺，街道两旁琳琅满目的商品，不远处传来的电子音乐，这一切无不充斥着商业化的气息，显得异常喧哗与浮躁，和我心中最初的期待相差甚远。待到日暮时分，当所有的喧哗声，叫卖声都随着落日的余晖逐渐远去时，古城与众不同的气质才得以显现。

招了十年老板娘，
依然没有老板娘。

迎着皎洁的月光，行走在古老的石板路上，夜色中的古城到处都散发出一股迷人的韵味，使我不禁放慢了脚步。在一处巷弄里，找到一家售卖明信片的店铺，门口的标语很有意思：招了十年老板娘，依然没有老板娘。听着就觉得感伤。选了张明信片寄给L，在背面写道：我终于来丽江了，缺席的是你，下次一定要换你坐在这里，等着我出现。将明信片递给店员时，我好奇地问："门口的标语是真的吗？"小姑娘笑着说："是的啊，我们老板至今仍是单身呢！"如果真能在这里遇上所爱的人，忘却世事，携手老去是件多么幸福的事。可来这里的单身虽多，真爱太少，很多人都是匆匆而过，留下来的也未必是找到了心上人。

夜色悄无声息地弥漫开来，听着慵懒的水流声往前走，夜幕下的酒吧街光彩夺目，气氛暧昧。这个时候，无论你是谁，身边是否有人陪伴，都会觉得音乐很暖，爱情也很暖，哪怕是如此短暂，哪怕只有那么地一瞬。我坐在河边的长椅上，看水中大红灯笼的倒影，看酒吧里喧嚣的人群，突然觉得此刻的丽江是美的，美的如此哀艳，像是盛开在十一月的水仙，任寂寞四下蔓延。

清晨，当我离开古城时，四方街上的店铺尚未开始营业，街道上几乎没什么游客。走进一条巷弄，石板路上湿湿的，雾气还未散去，倍感舒适。在古城门口叫了辆出租车，前往束河。

在束河的日子，是令人怀念的。古镇小而安逸，与世无争。在镇上找到一处较隐蔽的客栈，老板是外地人。就这样，我归隐在仅属于自己的一方天地，白天看书听歌，晚上喝茶聊天，日子如流水般飞逝。

临走前一晚，不知是谁一时兴起，借着月光在客栈院子里摆起了长桌，一群原本陌生的旅客顿时围坐成一团，借着酒劲开始聊理想、聊爱情。我旁边坐着一位中年大叔，沉默不语地喝着闷酒，像是要一醉方休。

束河，背包十年青旅

酒过三巡，他开始开口说话。

他说："半年前，我在这里邂逅了一位姑娘。自看到她的第一眼起，便已深陷其中，无法自拔。她的笑容缤纷灿烂，眼神令人迷醉，一切曾是那么地美好。我们一起去看玉龙雪山，一起在拉市海划船，一起牵手散步……"

说到这儿，他突然沉默了，片刻后才继续开口：

“临走前，她与我相约去雨崩徒步。如今，约定的时间早就过了，我在这里待了近两个月，只是为了等她出现。”

借着淡淡的月光，我看见他一脸的落寞，神情忧伤。

我说：“为什么是去雨崩？”

他开始有些哽咽：“在此之前，我并不知道那个地方。那天，她突然和我提起，然后诧异地问道：不去天堂，就去雨崩，你之前没听说过吗？而事实上，我真的是不知道。”

“那你现在还会去吗，独自一人？”

他望了我一眼，将手中剩余的半瓶啤酒一饮而尽：“去吧，总是要去看看的，在她眼中超脱尘世的美景，究竟会是什么样子。”

当晚，所有的人都喝多了，我只记得他被鸭舌帽遮住的眼睛红红的，像是哭过，只是看不到眼泪，一种无法与外人道出的悲伤。

或许，我们都曾想过要在这个尘世里获取真爱，但却忘了这世间种种，最后只剩回忆和承诺会让我们彼此怀念。一等再等，一问再问，而那个让他一见钟情的姑娘，最终还是没能如期赴约。

不知自己是怎样睡着的，睡了多久，现实和梦境总在重复的交替。漂亮的空姐迎面走来，亲切地询问："女士，您要喝点什么？"我睡眼惺忪地答道："请给我一杯热茶，谢谢！"调整下姿势，喝完整杯的热水，看到屏幕上显示：舱外温度零下 37 度，飞行高度 9873 米，剩余飞行时间 1 小时 41 分钟。

窗外依旧一片漆黑，拉下遮光板，将身体蜷缩成一团，试着再次入睡，内心却莫名地感伤起来。想起了年少时自己曾轻易许下的，却从未能实现的诺言，想起了在时光面前，自己是怎样蜕变成如今的模样。曾几何时，我们可以为爱天翻地覆，义无反顾。成年之后，独自面对生命的深渊，能做到的却只有秘而不宣和守口如瓶。

凌晨 12 点 15 分，飞机安全降落在丽江三义机场。

前往古镇的途中，打开手机，看到 C

连续发来三条短信，我给她回电，告诉她十五分钟后见，电话那端声音嘈杂，只听到她大声地说："好的，我一会就去接你。"兴奋之情溢于言表。

C是个热情活泼的姑娘，正好与我的性格互补。两个多月前，她来南京，我们相识。七月盛夏，在闷热潮湿的南京火车站，她从出站口走过来，站到我跟前对我说："你好，我是C。"素颜的她虽穿着一身暗色的裙子，却洋溢着青春与活力。

昨晚，我躺在床上正准备入睡，她给我发短信："我到丽江了，正在去束河古镇的路上。"一次说走就走的旅行，几乎没有任何犹豫，我对她说："你在束河等着我，明天我便来与你会合。"然后，上网订了第二天从南京飞往丽江的机票。

就这样，此刻的我站在了几千公里之外，站在了这片曾令我怀念的地方。束河的夜，还是那么的静。黑暗中，隐约听到铃铛清脆的声响，声音越来越近，直到C穿着一身民族服饰出现在我眼前。她开心的像个孩子："快点跟我来，介绍新朋友给你认识。"

我跟着她走进一家巷弄深处的酒吧，早已过了营业时间，只剩下几个熟客。在暗红色的灯光下，C开始向我逐一介绍他们，有待在此地多年的酒吧老板，有从广西过来开客栈的夫妇，亦有失恋了过来疗伤的男女。两年了，这里似乎一点也没变，就像一个疗伤的乌托邦，总有不同的故事在次第上演。

我问其中一位男士："你在这里那么久，情伤真的治愈了吗？"

他苦笑道："艳遇本就是忧伤的，又如何指望它治愈情伤，待久了，只能是伤上加伤罢了。"

是啊，爱总是那么短，遗忘却那么长。

他的话令我再次想到那位痴情的大叔，四十已过的中年男子，他曾想再次缓缓经历感情的千山万水，但看样子是不可能了。

不远处的舞台上，有人在弹吉他唱歌，唱的好坏全然忘了，只记得歌词：你好，再见，忧愁 / 梦里流淌的河流 / 你的故事飘来了花香 / 像艳遇一样忧伤。

吴哥的秘密

柬埔寨•暹粒

那些消失了的岁月，
仿佛隔着一块积着灰尘的玻璃，
看得到，抓不着。
他一直在怀念着过去的一切。
如果他能冲破那块积着灰尘的玻璃，
他会走回早已消失的岁月。
——电影《花样年华》

在一座古老的庙宇里，小和尚坐在高处看着一位奇怪的游客，他在斑驳破旧的石柱上找了一个小圆洞，对着它自言自语，再用泥土将其封存，这是电影《花样年华》的结尾。当周慕云看似洒脱地从幽暗的石头长廊内缓步离去时，遗落在他身后的不仅是整个吴哥王朝千年的兴衰，还包括那个永远无法与旁人道出的秘密。

正午时分，阳光强烈。

我从金边机场走出来，坐上了开往车站的 TUK-TUK 车。车轮卷起热浪扑面而来，热，非常热，炎热有时候的确会让人感到无法呼吸。

车一直在高低不平的沙石路上飞驰着，尘土飞扬。街道上，随处可见低矮的建筑和肤色黝黑的当地人。他们面无表情地在高温下行走，始终沉默地对抗着周遭的一切。毋庸置疑，这是一座悲情的城市，它的痊愈需要时间，而贫穷和炎热，是这里每个人都必须接受的考验。

大巴车站十分简陋，透过锈迹斑斑的铁栏，从昏昏欲睡的中年妇女手中买到了下午前往暹粒的车票。候车室里坐着几个当地人，空气混浊，闷热不堪。在十几平米的空间里，所有人都沉默不语，只有一台老旧的风扇在来回转动地同时不断发出有节奏的声响。

一个六岁左右的小男孩，他站在一旁的椅子上，好奇地盯着我，并几次试图向我伸出小手。他穿着不合身的旧衣服，小脸脏兮兮的，眼睛却清澈透亮。不知为什么，他的眼神让我有种说不出的难过。不敢再望他，于是低头看了看表，时间还早，用围巾将自己整个脸包裹好后，我走出了车站。

街道对面是一条破旧的巷弄，有小摊贩在卖便当。烈日下，旁边的垃圾堆散发出一阵阵熏人的气味。没有吃午饭，炎热让我失去了所有食欲，从小摊上买了瓶饮料，站在路旁一口气将它喝完。

十几分钟后，门口来了一辆大巴，因还有剩余的空座，得以提前上车。车厢内部陈旧，当地人带着各自的包裹将原本狭小的过道塞的水泄不通。我勉强走到最后一排，找到空位坐下，用围巾堵住已经坏掉的空调出风口，然后将身子缩成一团。在不远处的广场上，似乎聚集了很多人，是当地传统节日还是抗议游行不得而知。我们的大巴被堵在了外围，无法前行。最终，司机不得不调转车头，绕道而过。

这一刻，我知道这段漫长的旅途才刚刚开始。

大巴在凹凸不平的路面上缓慢行驶着，有持续的颠簸。一直没吃东西亦感觉不到饿，只是非常地疲惫。在没有来到这里之前，我曾想有机会亲眼见证贫穷和苦难，而当真正置身其中时，一种莫名的无力感开始如影随形。就像惧怕那个小男孩的目光一样，我不敢仔细分辨每个人脸上的表情，那看似沉静的面容下，到底隐藏着怎样的苦难与悲哀？而我，却什么也做不了。

坐在前排的是一对来自欧洲的青年男女，一路嬉戏打闹，沉浸于只属于他们自己的二人世界。我们都是这辆车上为数不多的陌生旅客，却怀着两种截然不同心境，他们让我回想起自己年少时，那段与吴哥有关的往事。

12 年前，我在家乡的小城读书，每周定期会收到 K 寄来的信，他与我年龄相仿，是个腼腆的男孩。那时候，我们虽在相同的城市，却很少见面，唯一的联系便是书信。当我高中毕业时，手边的信件已有很厚的一沓。

今年初夏，自己回了趟老家，在曾经住过的房间里开始整理以前的旧物，再次翻到了那叠旧信。那个时候，我们都不曾长大，K 一直积极乐观，而我时常沉默不语。那个时候，我们虽不懂感情，却愿意彼此交付，彼此倾诉，并且一律是手写邮寄，信封上的地址换了又换，邮戳却清晰地记录着当年的时间，无一差错。

十几年过去了，如今，这些信成为了那段青春留给我的唯一印记。一封封地阅读它们，从中我看到了彼此地蜕变，就像破茧成蝶的过程，这是另一种成长。

无意间，我翻到了一封比较特殊的信，信封上没有邮票和邮戳，那是为数不多的没有投递的信，是高考前夕，K 亲自送来的。

五月的傍晚，K 站在夕阳中等我，将信塞到我手中后便转身离开。或许是因为毕业在即，我们马上都不得不离开这座熟悉的城市，他第一次提起自己对外面世界所抱有的憧憬与希望。他说自己喜欢上海，喜欢它特有的小资情调。另外，如果有机会的话，以后想去趟柬埔寨看吴哥窟。他告诉我，吴哥窟是天龙星座的翻版，将天龙星座的星体连成一线，再将十五个吴哥主要的金字塔相连，两者惊人的相似，如果非要用两个字来形容那便是：神奇。

当我还是个懵懂的女孩，对陌生世界一无所知时，他却早已满怀期待，那句“神奇”如同一种宣誓，像是在对这个尚未实现的旅途说着：我要出发，是那么笃定，带着贯有地坚持。

车一路走走停停，抵达暹粒时，已是深夜十点。夜色中的广场上，依旧有很多当地的 TUK-TUK 车[1]司机在等待着晚来的旅客。因为是旅游地，暹粒的旅馆虽小却很干净，服务员温和热情。

吴哥寺全景

寺内的古老门框

① TUK-TUK 车：东南亚国家的一种市内交通工具，类似中国的三轮车。

第二天清晨，与约好的 TUK-TUK 司机见面，让他开车带我前往此行的第一站——吴哥寺。当我站到通向寺庙的大道上时，日出已过，人潮开始从左侧的水池边逐渐散去。池塘里开满了红莲，鲜艳欲滴，水面上倒映出吴哥寺清晰的轮廓。在柔和的晨光下，清脆的鸟鸣声中，崭新的一天开始了。迟迟不愿离去的情侣们围着池塘席地而坐，相互依偎。这眼前所见的，真实美好的一切竟令我有些许的感伤。

整个吴哥寺以宏大的规模，完美的对称，精美的浮雕体现了高棉古典建筑艺术的最高峰，行走其间，不仅感觉时空交错，还能真实地触摸到历史的点点印记。整整一天时间，我慢步在寺庙幽暗的长廊内，看刻有整部《摩诃波罗多》史诗故事的浮雕，看石柱上的飞天女神，她们手拈花朵姗姗而来，脸上露出淡淡的微笑。

午后，透过装饰性的直葫芦假窗向外望，阳光从石柱的边缘照射进来，顿时有种人文与自然交错的美感。清凉的风拂过脸庞，累了便找一处石头坐下休息。天空中有鸟飞过，在对面形如金字塔状的陡峭台阶旁徘徊了许久。当它再一次展翅高飞，消失在蔚蓝的天际时，我确信它是要去完成一项神圣的使命。就这样，我错过了当天巴肯山最美的日落，却听到了无数飞鸟掠过天空的声响。

接下来的两天，自己几乎走遍了周边所有大大小小的寺庙。

一直记得巴扬寺四十九座尖塔上那一百多面“高棉的微笑”，个个面容和蔼，表情安详而神秘。那微笑使我想起了一路上遇到过的孩子，想起了路旁的小商贩和那些被地雷不幸炸伤的乞讨者。在经历了战争和屠杀的轮番洗礼后，在哭过，痛过，挣扎过后，他们依旧向每一

个人报以微笑。在巴扬寺的最高处，在无数断垣残壁之间，在这座城市任何一个角落，那微笑无处不在。因为宗教，因为信仰，使他们包容了爱恨，超越了生死，最终获得了一条通向自己内心的澄净道路。

到达圣剑寺的时候已将近中午，阳光强烈，气温也瞬间飙升到了30度以上。寺庙内游客稀少，只有少数当地人。据说在鼎盛时期，这里曾是高棉人最为重视的寺庙之一，所有重要的节日典礼都会在这里举行，而此刻却显得异常冷清。走在长长的甬道上，突然一阵风吹过，一片黄叶飘落到石阶上，整个王朝千年的兴衰仿佛就发生在这一瞬间，而我却已错过。

这是普通游客很少会去的一处景点，却有着最动人心魄的美景。多年后，当自己回忆起这段经历时，一定能清楚的记得中央圣堂的内墙因青铜而闪现出来的迷人色泽，想象着有一位高僧出现，寺庙里终日烟雾缭绕，送经吟唱，昼夜不息。

行走在废墟间，望着无数崩塌的石块，我默默地问自己：来这里，到底

是为了寻找什么？直到我走进塔普伦寺的那刻，终于得到了答案。其整座寺庙都被密密麻麻的巨大树根如同巨蟒般缠绕着，它们像是一只只巨大的手掌，似乎要将下面的建筑瞬间拔起，是如此的触目惊心。这些树根深入建筑的石缝中并向四方扩散，它们都是空心树，没有一片叶子，仅剩下巨大惨白的枝干，只有等到雨季来临时才能恢复生机。

石墙上以及回廊深处的石柱上，有许多大小不一的石洞。在电影《花样年华》里，周慕云曾对好友说："你知不知道，从前的人要是心里有了秘密，不想别人知道，他们会怎么做？他们会跑到山上找一棵树，在树上挖一个洞，然后把秘密全说进去，再用泥巴封起来，那秘密就永远留在那棵树里，没人知道。"于是他来到吴哥，找了一处石洞，埋葬了自己与苏丽珍的过往。而我呢，来这里仅仅是因为它的神奇？还是想和周慕云一样？

十二年前，有个男孩认真地对我说，他以后会来这里，这是只属于我们两人之间的秘密。十二年后，他早已回到当初的小城，结婚生子，过着平淡安稳的生活，而我却远走他乡，四处乱跑，一直颠沛流离。对于吴哥的最初印象，是他告诉我的，而最终来到这里的却只有我自己。原来，只要时间够长，真的可以改变一切，我们的人生竟在这不知不觉中互换了轨迹与方向。

如今，那段年少的时光已经成为不可复制的昨天，我们想拼命抓在手中不放的青春，也早就被风吹散了，没留下一丝痕迹。而吴哥却是永恒的，在经历了一切繁华与苍凉过后，它依旧静默地屹立在这里，将微笑留给世人，带着一种不动声色的力量。

暹粒的最后一天，当众多游客被斑蒂丝蕾的石雕所深深吸引时，一只小花猫趴在庙宇后面一处破损的门框边安详地睡着了。这一刻，四周寂静无声，望着它熟睡的模样，我知道，它和这片废墟一样，已在此等待我良久。

一梦千年，梦境中，你的脚步缓慢，我竟飞奔而来。

女皇宫，斑蒂丝蕾石雕

39

愈简单，愈快乐

柬埔寨・暹粒

暹粒，这座只有八万多人口的小城，与一般的城市不同，它没有高楼大厦，霓虹闪烁，更像是一个偏僻的乡村，有着广阔的天空，大片的田野以及避世般的宁静。和绝对大多数人一样，我来这里只是为了吴哥，从未想过在此久留，更不曾料到自己会喜欢上这里。

那晚，当我睡意朦胧地走进提前预定好的旅馆时，Aggi 出现了。他是个当地小伙，黝黑且粗糙的皮肤，眼睛小而有神，脸上虽有着深深浅浅的皱纹，但实际年纪并不大。他独自一人坐在旅馆门口，看到我拖着行李箱进来，立刻微笑着迎了上来，用带着浓重当地口音的英语与我交谈，大概意思是他自己有辆 TUK-TUK 车，可以带我游览吴哥，问我是否感兴趣。见我有些许迟疑，便从随身携带的深褐色小包里掏出一张破旧的地图，将它展开，铺在桌子上，用手比划着，认真地给我讲解景点的游览路线。

一直以来，摩托和 TUK-TUK 车是暹粒街头巷尾最为普遍的交通工具，而 TUK-TUK 车因其价格优势一度成为游览吴哥的首选。Aggi 在滔滔不绝地讲着，我却心不在焉地听着，一来是因为缺觉，自己整个人都处于轻飘飘的状态；二来是他那不标准的发音，必须全神贯注才能听明白个大概，此刻我显然已无法再集中精神。索性，没等他说完，我便打断了他的话："OK,See you at eight o'clock tomorrow morning！"（行，明早八点见！）Aggi 见我答应了，高兴地离开，却没留下任何的联系方式。

第二天清晨，我起床洗漱完毕，在准备下楼的那刻突然有些担心，如果 Aggi 失约，我是无法联系到他的，并且整个行程也会因此受到影响。自己一边这样想着，一边忐忑地往门口走。而事实上，所有的担心显得那么多余，Aggi 早就到了，甚至比约定的时间还要早。他的车就停在门口，一辆敞开式的老旧三轮车，没有浮夸的颜色和过多的装饰，因终年日晒雨淋，手柄处已是锈迹斑斑。

Aggi 载着我在丛林间穿行，一路上，小而简陋的民居，大片苍翠的原野以及孩子们嬉戏时单纯地笑脸令我产生了某种错觉，仿佛走入了另一个世界。每到一处景点，他都会用英语向我做简短地介绍，接着告诉我寺庙出口的位置以及车停的方位。

中午，气温骤然升高，在一处不知名的小寺庙前，Aggi 试着向我做解说，却欲言又止。他尴尬地挠了挠头，片刻之后，似乎是想起了什么，从车垫底下取出一本旧版的旅行指南硬塞到我手中，是一本很厚的全英文攻略，看得出来，他想尽可能地做好一个司机兼向导的工作。

今天是一年中的最后一天，也是自己多年来第一次在异国的小城跨年。回旅馆的路上，我好奇地问 Aggi 一会儿怎么过节？他笑着说，没什么，就回家吃饭。如此简单的只言片语，流露出来的却是满溢的幸福感。

因为是旅游地，暹粒周边的设施普遍要比金边好些。旅馆对面有一家自助式的火锅店，我是当晚最早的客人。找到位置坐下后，老板便将锅端了上来，在里面倒入白色的汤汁。这样的小铜锅在东南亚很常见，有点类似于我们的老北京火锅，只不过他们将其进行了改良，周围一圈可以涮蔬菜和海鲜，中间的半圆形板上可以烤肉，体积小巧，使用起来极其方便。一旁的长桌上早已摆满了各种食物，有翠绿的蔬菜、新鲜的虾、鱼肉。我起身去挑了几样清淡的食物，要了一瓶小可乐。

天渐渐黑了，暮色笼罩着大地。火锅店突然变得热闹起来，很多当地人骑摩托带着家人和孩子一起过来聚餐，他们一家人围坐在一起，有孩子依偎在身旁玩耍。如此温馨的画面令我想起了自己的母亲，此时她一定也希望我能陪伴在身边，而我却越走越远，仿佛早已忘了家的方向。低头默默将自己盘中剩余的食物吃完，付了老板 4 美元，在转身离去那刻，听见身后有人对我说：Happy new year, Chinese girl！（新年快乐，中国女孩！）

半夜里热得睡不着，房间的空调似已年久失修，一直发出咯咯的声音。我赤脚走出房间，在漆黑的楼道里慢慢摸索着去到外面的露台。这间廉价的小旅馆，相当于我们国内最普通的乡镇招待所，不过好在每层楼都有一个小型的露台，打扫得还算干净。月凉如水的夜，我趴在露台上，给自己点了一根烟。此刻，刚过零点，街道对面昏暗的酒吧里，有人在唱歌，有人在拥抱，有人在欢呼，头顶有烟花绽开。

可能是着凉了，一夜过后嗓子沙哑，且有撕裂般的疼痛。于是见到 Aggi 的第一件事就是让他带我去药店。小巷子里有一家私人药房，老板是位年迈的老人，不会说英语，只能请 Aggi 帮忙。他问我买什么药，我想说太复杂他肯定听不懂，便指着嗓子说：pain！没想到他立刻明白了，给我拿到了药，还贴心地告诉我服用方法。

临走的前一天，Aggi 带我去了路程相对较远的女皇宫。也许是太累了，我从寺庙出来时看到他蜷缩在车的后座上睡着了。不忍叫醒他，就到一旁的商店坐下，要了一杯饮料。在暹粒有很多像 Aggi 一样的 TUK-TUK 车司机，有些不仅精通英语，还会说中文和日语，这样的司机非常抢手，收入也更为丰厚。Aggi 操着一口不太标准的英文实在是不具备什么竞争力，可我却觉得他做事认真，态度真诚，这显然比什么都重要。

当天傍晚，Aggi 将我送回旅馆，我问他能不能帮我找辆汽车明天一早送机，谁料他拍了拍自己的座驾说，不用找了，我送你去！我有些顾虑，机场毕竟很远，就时间和安全等因素考虑，这并不是最佳的选择。虽然在这短暂的三天时间里，Aggi 从未向我提起过自己的遭遇和处境，但我看得出来，他需要赚钱，赚更多的钱，可能全家人的生活都在指望着他。此刻，尽管他很希望我能答应，好让自己多一份额外的收入，可他依旧什么也没说，只是一再微笑着告诉我：No problem，No problem.（没问题）。

去机场的路上，Aggi 的 TUK-TUK 车和往常一样，在尘土飞扬的路面上行驶着。借着清晨微弱的光线，看到一处低矮的围墙内有所学校，孩子们在

空地上追逐玩耍，没有草坪，没有操场，只有一片黄色的沙地，旁边是大片的垃圾场。这个画面在我眼前一闪而过，随后便迅速消失，而他们脸上那发自内心的微笑，却早已定格在了自己心中。

Aggi 将我送到机场门口，把行李箱从车上拿下来。真的要离开了，才发现自己已经渐渐喜欢上了这里，那些在高温下劳作的人们，那些在黄沙地里嬉戏的孩子，他们穷困潦倒，但从不失快乐。而我们周围很多置身大城市、出入高档场所的人，他们终日辛苦地奔波，试图通过财富和地位来证明自己，却早就忘了什么才是真正的快乐。

向 Aggi 道别，他挥了挥手，随后便消失在我的视野中。

后来，当我回到国内，坐在高档餐厅吃一顿价值不菲的自助餐时，或者去到别的城市走在灯火通明的酒店大厅时，总会想起暹粒跨年夜那顿价值 4 美元的自助小火锅，那家有露台的廉价旅馆，以及 Aggi 那招牌式的微笑。

再见，Saigon

越南 • 西贡

我认识你，永远记得你。

——杜拉斯

这趟越南的旅途准备得实在是太久了，以至于当我真正坐上飞往南宁的航班时，最初的兴奋和期待早已过去，只剩下一颗无比平静的心。手中这本杜拉斯的《情人》书页已微微泛黄，边角也有破损，但我还是执意将它带在了身边。

有一种女人，大概天生就有这样的能力，可以活到老，写到老，也爱到老。她是那样的与众不同，又是那样的令人无法抗拒。她说："我已经老了，有一天，在一处公共场所的大厅里，有一个男人向我走来。他主动介绍自己，他对我说，我认识你，永远记得你。那时候，你还很年轻，人人都在说你美，现在，我是特为来告诉你，对我来说，我觉得现在你比年轻的时候更美，那时候你是年轻女人，与你那时的面貌相比，我更爱你现在备受摧残的面容。"

记不清多少次了，在不同的时间地点，我反复地读过这段文字，始终欲罢不能。她的故事总是先从绝望中开始，却又有着不断推倒重来的勇气，当她年近古稀，早已风韵无存的时候，苍老的时光并没能将其湮没。七十岁时，她靠《情人》获得了法国龚古尔文学奖，并再次引起社会关注，一举成为当今世界上最负盛名的法语作家。

很长一段时间里，我都急切地想开启这段旅程，她笔下的越南似乎具有某种魔力，能将我的心牢牢抓住，然后越拽越紧。原本，我可以直奔西贡而去，出发前却临时起意，准备从河内开始，沿着狭长的海岸线从北往南，一站站地停靠出发，最后抵达西贡。

当天傍晚，大巴停靠在河内车站。刚走下车，那炙热的气温、摩托车的轰鸣、戴着斗笠的车夫以及潮水般从我眼前涌过的人群，便令我产生了一种幻觉，仿佛一切都来得及重新开始，在这座斑驳陆离的城市。

老城区的小旅馆沿街，推门出去便是各式各样的咖啡店。欧洲背包客们几乎人手一本 LP 指南，或坐在咖啡馆里不紧不慢地喝一杯纯正的滴漏咖啡，或站在喧嚣的十字街头，对照着书中的地址，研究下一站的路线。

是这样的喜欢河内，虽然只是短暂地停留。

吃过晚饭，到还剑湖附近散步。越南青年们将摩托车开成一条长龙，汽笛声响成一片，掀翻了河内的夜空。湖边的广场上，和蔼的老人举着五彩的气球向每一个从身边经过的人们招手。夜色中，“栖旭桥”那耀眼的红光一下子吸引了我，索性找了处台阶坐下，不走了。在老外眼中这是座令人疯狂的城市,可我却急切地想要记住它的一切,包括这从未停止的,摩托车的轰鸣。

一连两天，我都在老城区的巷子里流连。看三十六行街上售卖的各种手工艺品，看巷弄深处一栋栋颓败破旧的黄色房子。午后，咖啡馆里人满为患，我还是会点上杯咖啡，坐到外面的椅子上，享受这一去不复返的美好时光。

那天晚上，我乘坐从河内到顺化的夜间巴士。两小时后，大巴停靠在乡镇的一处休息点。越南的整个旅游系统都十分的成熟，openbus 又因联程票价相当优惠，一度成为背包客们游越南的首选。1993 年成立的新咖啡（The Sinh Tourist）是其中口碑较好的，车很新，位置也相对宽敞。在休息的间隙，我认识了 M，一位背着巨大背包的欧洲女孩。她说自己已经独自出门六个月了，从斐济、澳大利亚，再到新加坡、文莱，这是仅属于她的 Gap Year（间隔年），越南是整个旅途的最后一站。

到达顺化时，已临近中午，在新咖啡狭小闷热的候车大厅里，有人刚刚抵达，有人正准备出发。并未打算停留，我直接买了下午前往岘港的车票。M 和我之间亦没有道别，她稍作休整后便扛起背囊推门而去。也许习惯了独

GIỜ KHÁM BỆNH
SÁNG:
TRƯA:
CHIỀU:
遇见另一个自己

063

行的人从来都不惧怕孤独，始终独来独往，无所畏惧。

从岘港经海云岭到灵姑湾的一段路途，被国家地理评为 50 个一生中必须看一次的地方之一。那段路一直沿大海盘旋而上，蔚蓝色的大海，从未停止的旅途。

晚上，住在离岘港不远处的小镇会安，夜色弥漫开时，河边的街道上亮起了五颜六色的灯盏。日本桥下有对新人正在放河灯，女子穿着紫色的奥黛[②]坐在一条小木船上，小心翼翼地托起一盏灯将它放入水中，目不转睛地望着它缓缓漂向远方。不知怎了，突然鼻子一酸想起了 M，此刻的她会在哪里，我们还能否再见面？所有这一切，其实都无从知晓，直到两周后我乘坐的大巴抵达西贡。

② 奥黛（Ao Dai）：类似于中国旗袍的越南的传统服装。

西贡，Saigon，多么暧昧不清的发音，读多少遍都不会嫌腻。在热闹的范五老街，我下车取行李，忽然，一个熟悉的背影擦身而过，没错，是她，是M！米色的吊带背心，透气的筒裤，深色的大背囊，这样的场景，这样的相遇，似是冥冥之中注定。

西贡的最后一天，我们相约去看中国城。

这里是属于杜拉斯的城市，有着令她终生难忘的记忆。M告诉我，她虽未完整地读过《情人》，但却十分喜欢雅克·阿诺执导的同名电影，很想去Cholon（堤岸）看看，正合了我的心意。

想象中的西贡应该与河内很像，有着古老的街道、漂亮的法式建筑群、高大的梧桐树以及戴着斗笠在街头拉客的车夫。可它的高楼大厦、灯红酒绿却将我带回到了现实。那么多年过去了，西贡早已变得越来越国际化。

和 M 走进一家餐馆，点了两碗牛肉米粉。

我说："这儿和我想象中的不太一样，居然如此的现代化。"

M 笑笑："是啊，我也没想到。"然后无奈地撇了撇嘴。

当我们站在堤岸喧嚣的街头时，才真正意识到，那样的时代，那样的场景已成为了无法复制的昨天，往日的繁华早已不在，周围是一片衰败的景象。房子破旧，地面肮脏，臭气熏天，街道两旁的塑料棚下站着向我们投来好奇目光的当地人，摩托车大军声势浩荡地向我们袭来，根本无力抵抗。

从未有过的失落。

再也看不到了，旧时的西贡，法式建筑群以及街道上梧桐投下的斑驳倒影，那是只属于时光的印记；再也听不到了，潮湿的雨夜，身穿黑色雨衣的女孩，在中国城内独自行走的声音，那是只属于她的爱情。

杜拉斯魂牵梦萦的堤岸啊，或许只存在于她的记忆里，如今早已消逝在时间的洪流中，剩下的，不过是繁华落尽后的衰败和最初那一瞬间的心动而已。

我对 M 说："走吧，再也回不去了。"

M 满脸失望地叹了口气，与我一道离开。

傍晚，范五老街附近所有的街道都被摩托车堵了个水泄不通，原来，今天是万圣节，酒吧街的电子音乐早已响起，人们将自己打扮成各种怪异的造型，开始彻夜地狂欢。

我和 M 站到街边，要了两瓶西贡啤酒。她说自己马上就要回国工作，接着问我的打算。我说，还记得电影的最后吗，她坐船离开，有天夜里突然听到主甲板的客厅里有人在弹琴，听着听着眼泪便止不住地落下，她终于承认自己是深爱着他的，并且终已失去。那首曲子我大学时弹过，是肖邦的b小调圆舞曲，而如今，我四处游走，一切都回不去了。

那一刻，M穿着吊带我穿着短裙，在万圣节拥挤的人群中相拥而泣。那晚是我们整个越南之行的终点，黎明来临之前，便要相互道别。而那天，对于我们而言，却只关乎一个人——玛格丽特·杜拉斯。

第二章
柔软的时光

再也没哪个地方，能给我如此强烈的“归隐”感。唯有历尽尘世的喧嚣才会觉得这份宁静是如此的难能可贵。

面朝洱海，春暖花开

中国 • 大理

米兰·昆德拉说过：生活在别处。这句话曾被无数人奉为人生信条，并身体力行付诸实践。在这里，这个别处显得尤为重要，它必须是使你内心安定、褪去浮躁的地方，而你呢，仿佛瞬间遗忘了所有，只为与它相见。毋庸置疑，大理就是这样的别处。

曾经看到一本书上写过游走大理的 8 个 Tips，感觉总结得挺好：1. 客栈要早预定；2. 敞开心扉交朋友；3. 去热闹的集市赶集；4. 沿着洱海骑行；5. 尝遍美食好酒；6. 淘一身传统的服饰；7. 做好防晒避免晒伤；8. 谨防中毒。最后这条乍一看以为是提醒大家不要乱吃东西，其实并非如此。这所谓的中毒是指怕你待久了不愿离去，中了大理的毒。而我，就是一个典型的中毒者，

如果说大理是杯毒药，我甘愿将其饮尽，而且喝了上瘾，一再贪杯，只愿长醉不醒。

几年前匆匆的一次邂逅，让我爱上了大理，总对其念念不忘。在梦中，我曾无数次回到过那里，回到过那座山路盘绕的古城。那里鸟语花香，热闹依旧，阳光以无限温柔的姿态抚摸着我的每一寸肌肤。远处有大片金黄色的田地，蔚蓝的天空下云朵像一个个做大了的棉花糖。苍山，洱海，船歌，所有的一切都是如此真实。

不同的人对大理的感受也是截然不同的。一些人觉得大理只是个驿站，不如丽江惊艳。而我对大理一直以来的喜爱则是一种情怀，这种发自内心深处的情感，很难用言语形容。自离开那刻起，就有一股强烈的冲动，想回到那里，回到那个所有“流浪者”梦中的家园，那个诗意的栖息地。

像是久未谋面的恋人，大理用一场火烧云迎接着我的再次到来，陶醉于这突如其来的惊喜之中，内心的情愫开始不断翻滚。洱海边很多村子都是风景绝美，这次来，我并没急着去古城，而是先去了马久邑村。

客栈和蔼的老板亲自开车来接。一路上，晚风轻拂着脸颊，似情人之间体贴的爱抚，霞光染红了半边天，远处苍山的轮廓若隐若现。白墙青瓦，斗拱飞檐，大理的特色民居在这幅色彩斑斓的画卷中，独树一帜，映射

出无与伦比的安宁。

十几分钟后，我便站在了洱海边。老板给我预留的房间位置很好，西倚苍山，出门就能看到洱海。在红霞映照下，湖面上升起一缕暖烟，烟波缭绕，如梦似幻。

原本只打算在客栈住一晚，可我却被小村清悠的美景、闲适的生活节奏所吸引，待着便不愿走了。白天睡到自然醒，坐在客栈一楼的大厅看书，发呆，晒太阳。晴朗的午后，向老板借了辆助力车，沿着洱海骑行。我问他，往哪边走风景更美，他却告诉我，你只管出发便是。

一条并不算太宽的公路，沿着湖边蜿蜒伸展，而最美的风景往往是在每个拐角处。洱海之美，美在它的一尘不染，美在它的与世无争和超凡脱俗。阳光下，湖面波光粼粼，闪现着耀眼的光芒。稻田里，不知名的农作物色泽鲜艳。不远处，苍山十九峰在云层围绕之中朦胧成一种奇幻，白云深处还散落着一户户人家。

我想，再也没哪个地方，能给我如此强烈的“归隐”感。唯有历尽尘世的喧嚣才会觉得这份宁静是如此的难能可贵。终于明白了为什么有那么多人心甘情愿放弃大城市的一切，跑到苍山下洱海边刀耕火种，重新建立起自己的家园，从此再不问世间事。

晚餐过后，我独自坐到客栈门前的石阶上，看一轮皎洁的弯月缓缓升起，湖水中渐渐显现出它清澈的倒影。接着，水天相接，连成一片，虚实之间，竟令人分不清孰真孰假。

终于，我迷失在了这个月夜，迷失在了这梦幻般的仙境之中。

自那以后，大理便开始下雨，连续下了三天三夜。

天气阴沉，湖面上雾蒙蒙的一片。我躲在客栈里消磨时光，老板搬出一台老式的留声机，放起了老歌，是奶茶的那首《原来你也在这里》。熟悉的歌声，伤感的曲调，伴着窗外淅淅沥沥的雨声，令人愁绪万千。

曾经，有一种爱情叫“初恋”，有一种怀念叫“奶茶”。

那个送过一整张 CD 给自己的男孩，早已不知消失在了何处，但我分明还记得那张专辑的名字：《我的失败与伟大》，它发行于 2003 年。《原来你也在这里》是专辑里面我最喜欢的歌。记忆如漫天飞舞的杨花，四处飘落，零零散散。我想伸手去抓，它却无情地从指缝间悄悄地滑落。

一场突如其来的雨，打乱了所有的计划，值得庆幸的是随后几日，大理都是天空湛蓝的好天气。

白天，我漫步于古城每一条幽深的小巷，看那些青瓦的民居，斑驳的墙面，再去到一处宽敞的庭院，点上一杯热茶或咖啡，静享时光的流逝。待到华灯初上之时，就去古城的人民路上走一走。它是古城内最具特色的一条街道，聚集了来自世界各地的背包客，是所有旅人梦开始的地方。而我，也从不否认自己对它的迷恋，对，是迷恋。

晚风徐徐，傍晚的人民路走上去就会有种幸福的念头。这条由东至西的街道并不算长，却吸引着来自各地的背包客。从洱海门朝着苍山门缓缓上行，卖各种小物件的地摊随处可见，不时还有断断续续的歌声传来。

走到人民路中段时，我在一个姑娘的地摊前停住了脚步，是一个画汉娜手绘[3]的小摊。从样板上选了自己喜欢的图案递过去，她便用一种天然的深褐色染料在我手背上开始画图。从聊天中得知，她是个背包客，摆摊是为了赚路费，等存够了钱便会去下一个地方。为了节省开支，通常和几个志同道合的朋友一起租当地人的房子，而大理是她这一年中待的最久的地方。

我问她为什么喜欢这里，她说因为这里的氛围。其实人民路上摆摊的传统很早便有了，能一直延续到今天着实不易，也正因为大理如此包容地接纳着来自世界各地的人们，所以很多年轻人爱上了这片土地，待着待着就不走了，开个小店或者客栈，也是一样的逍遥自在。不知不觉间，这里多元的文化态度以及绝不落伍的人文气息影响着越来越多的人们，如今，它已是所有背包客们眼中的天堂，流浪者心中永恒的家乡。

离开的前一天，我特意穿上一身传统服饰，坐车前往双廊。举目远眺，

---

③ 汉娜手绘：一种古老的身体装饰艺术，起源于印度。在东南亚、中东、北非等地区比较盛行。

白族文化之最的“三道茶”

湖面平滑如镜，苍山的积雪倒映在水中。湛蓝的天空下，偶尔有海鸥掠过，像一幅天然的水墨山水画，美得无以言表。

坐上一条小船，泛舟洱海。船夫是个中年人，不会船歌，倒也无妨。此刻，你仅坐在船头看风景，多半也是会醉的。舟行碧波上，人在画中游。我多么希望时间能够静止，好让我再看一眼这纯净的湖水。只是，雨季刚过，我却要再次离开。

临行前，看到远处云雾缠绕的苍山突然霞光万道，壮观至极。我站在人群中，仰头望向天空，久久不愿离去。

天空高远，空气稀薄，但请你相信，我的往事，只为你而透明。

如果可以，从明天起，我会爱我所爱；从明天起，笑看沧桑变幻。

我只想有一所房子，面朝洱海，春暖花开。

被遗忘的慢时光

中国 • 成都

此前，每每去到陌生的城市，在飞机即将落地的那刻，我都会提前摘下耳机，习惯性地揉一揉耳朵，打开遮阳板。伴随着发动机所发出的巨大轰鸣，整个城市的轮廓在眼前迅疾地闪过，这意味着一段崭新的旅途即将开始。

在我看来，一座不适宜漫步的城市，同样也不适宜生活。一栋栋拔地而起的高楼，街道上川流不息的人群，其本身所释放出来的急促和压迫感便会令人恐慌。我所喜欢的城市，应该是温和的、闲适的，可以静下心来慢慢地体会，比如成都。

特意没坐飞机，而是选择了火车。十几个小时，由东到西，一站一站地停靠，不紧不慢，与这座城市本身的节奏相符。列车不断地穿过山洞，在忽明忽暗的光线中，我看着周围完全陌生的人群：手拿报纸读新闻的男子，聊天说笑的情侣，漫不经心翻看小说的女子以及伴着火车轰鸣声入睡的青年，只见他歪头靠着窗的位置，眼睛闭着，嘴巴微张，一脸的茫然。

我旁边坐的是个女孩，二十三四岁的年纪，眉清目秀。独自一人远行的女子总会引起我的好奇，她坐了一会儿便从粉红色的双肩包里取出两本书来，将其中一本翻开到夹有书签的那页，另一本则放在面前的小桌板上，是龙应台的《目送》。

“你好，这本书可以借我看一下吗？”我试探性地问道。

“哦，行啊，你看嘛！”女孩说话十分爽快，但她手中那本书已翻看到尾处，我想着大体浏览一下便迅速归还。过了一会，她合上手中的书，见我仍在翻看，便问道：“你也喜欢她的书嘛？”

“嗯，之前有看过。”说完我赶紧将书递给她并道谢，她却摆手示意自己并不着急，好让我安心。或许是难得遇到一个兴趣相投的人，她显得有些兴奋：“我也蛮喜欢她的文字，特别是那段！”她一边说着一边迫不及待地将书翻到准确的页码，认真地读了起来：“我慢慢地、慢慢地了解到，所谓父女母子一场，只不过意味着，你和他的缘分就是今生今世不断地在目送他的背影渐行渐远。你站在小路的这一端，看着他逐渐消失在小路转弯的地方，而且，他用背影告诉你：不必追。”在读这段话的时候，她言语之间饱含深情，让我也不禁为之动容。

“你是江苏人吗？一个人去成都？”我问。

“我是成都人，在江苏工作，这次临时有事才回来！”

我再次仔细打量了她，光从外貌上判断，女孩的气质像极了江南一带的女子，如果我们之间没有交谈，如果她不曾表露其热情爽朗的性格特质，我必定不会相信她竟是地道的成都人。

临下车前，她将自己的行李从架子上取下，是一个淡绿色的小箱子，上面贴满了卡通贴纸。看得出，她虽已经毕业并开始工作，但在本质上仍是个孩子，依旧充满着童真。月台上，我挥手与她告别，望着那逐渐远去的背影，

像是看到了二十三岁时的自己，想去追，却已然追不上。

当晚，我住在锦里附近的酒店，简单地收拾了一下行李，换上舒适的运动装出门散步。在前往锦里的途中经过了一条弥漫着藏香的长街，沿街的店铺售卖的都是藏族饰品和供奉品，身边还不时有穿着绛红色僧衣的喇嘛和摇着经筒的老人走过。这个城市用它特有的闲适来迎接我这个过客，放眼望去，街道上的行人个个神情自在，脚步从容不迫。正因如此，以至于曾有人撰文说，凡步履匆匆走在成都街上的人，肯定都是外地人。

记得有一年暑假，十几岁的我准备去上海与母亲会面。当时自己穿着简单的T恤、长裤，一双白色帆布鞋，坐了近四个小时的长途汽车，去到一座国际化的大都市，带着所有美好的憧憬与向往。然而，让我意想不到的是在这无限繁华的背后，看到的却是地铁里面无表情、健步如飞的人群，而自己完全跟不上他们的节奏。和母亲去逛步行街，几小时过后，我终于累到忍不住在大街上哭出声来，所有路过的人都用一种奇怪的目光望向我。母亲劝我，再忍一会儿，马上就到了。我嗔怪，为什么会有这么多人啊？母亲笑道，因

为这是上海啊！是啊，这就是上海。那么多年过去了，如今，我已然可以褪下当年的稚气，换下那一身简朴的行装，穿上高跟鞋，以他们认可的姿态去融入大都市的生活，但我拒绝。这是一座太过坚硬的城市，只有速度，不谈感情。

成都却不同，仿佛连空气中都带着一股温和、闲适的气息。午后慢悠悠地闲逛到宽窄巷子，踩着巷弄里青灰色的石板道，找一处茶馆，泡上一杯清香的花茶。茶尚未品，茶香已浓，微风拂面而过，中间夹杂着淡淡的花香。青瓦房下，粉色的花朵从院内探出头来，花串相互推攘，不断从风中飘落。茶馆的主人是一位老大爷，他在边上独自喝着一壶茶，听着收音机，乐在其中，也不忙着去招呼客人，但你若坐下来与其闲聊，他定会有问必答。在这里，凡是坐下来喝茶的客人，无论贵贱，店主都会一直续水，直到客走。

不远处是一家西餐厅，阳光明媚的午后，几个老外正举着啤酒瓶围坐在一起聊天。原来，连异乡客都被这座城市的气息所感染，忍不住在白天便喝起酒来。待到夕阳西下，望着袅袅炊烟，走在黄昏的巷子里，一种老城区久违的市井生活呈现在我眼前。静谧的余晖泻满天际，古老的巷弄显得格外幽静，天地万物仿佛一下子都沉醉在这片凝固的美景之中，满眼是诗的韵律，到处是词的音籁。

平时，只要一提起成都，身边的朋友就会不由自主地捂双耳，流口水。她们常说，能住在成都是件幸福的事，因为每天都能吃到撑，十分过瘾。甚至很多人将自己旅行的首站选择成都，就是奔着食物而去。随着年龄的增长，

七哥
老成都
盖碗茶

自己去过的地方越来越多，吃过的食物也在增多，但令我印象最深刻的还是成都。这座节奏缓慢、生活悠闲自在的城市，食物竟是如此麻辣。我从小生活在江南，吃的食物多半偏甜，不太喜辣，是到了南京之后，才能吃上一点辣椒。

短短几天时间，走在成都的大街小巷，无论去哪吃饭都能看到一片诱人的红色。下馆子点了份牛肉米线，老板将碗端上来的时候，我彻底傻了眼。碗里有一层厚厚的红色辣椒油，底下还沉淀着许多辣椒籽和花椒。那碗米线，我只吃了不到一半就已经辣到舌头麻木，无法继续。后来学聪明了，无论去

宽窄巷子里栩栩如生的栓马石

哪家馆子吃饭，都会事先和老板说，不要放辣椒，一点都不要。老板们几乎都会问一个同样的问题：真的一点不放吗？不辣不好吃嘛！我只能苦笑着点头。当然，自己也会有不管不顾的时候。临走的前一晚，突然很想吃火锅，那么就算夜已深，就算辣到嗓子冒烟，都得找个火锅店，吃个过瘾。成都的确具有这么大的魔力，以至于后来，不管走到哪里只要一想起火锅，便会本能地想到它。

现在想来，那样的日子，也许很难再回去了。如果想吃到地道的麻辣火锅，就不得不回到那座城市。原来，太多东西都与食物有着温暖的依赖，从这些细微的回顾里，我发现自己对这座城市的情感从未消退，而那段缓慢流逝的时光也并没有被遗忘。

只愿为你守着约

泰国 • 清迈

清迈上空

抵达这座小城时，飞机还未完全降落，我已隔着几千米的高空认出了它熟悉的轮廓。从一月到十一月，季节未变，只是换了时间。于你而言，十个月意味着什么？是从年初到年末的无限感叹，还是从冬天回到冬天的莫名感伤？而我分明记得，第一次离开这里时，在去往机场的路上曾许下过约定，一段时间后会再回来。因此这十个月，自己心甘情愿地停留在回忆里等待，等待着这个静谧的时刻，等待着约定的归期，如期地到来。

这座号称走上五步便能看到一座寺庙的泰北古城，一直低调内敛。尽管如此，仍不断有各地的朝圣者与背包客慕名前来，从未间歇。它的情感是如此浓烈，一如那热情如火的艳阳天和那金灿灿的咖喱料理；它的故事多半令人惆怅，邓丽君在这里黯然逝去，张国荣曾在此隐居避世。而它那看似永远走不完的寺庙和僧侣们诵经的声音，又能让你的心一下子超然尘外，安之若素，虚怀若谷。

此刻，雨水刚停，空气潮湿温润。穿过喧嚣的夜市，抵达一处无人的巷弄。我们的旅馆位于餐厅的二楼，因房间紧缺，三个女孩同住一屋。在狭小的浴室里轮流排队洗澡，将洗过的衣物依次晾到外面的小露台，待关灯后三个人挤在同一张床上谈天说地，此情此景，像极了自己大学住校的那段日子。显然，念旧并不是种美德，但不得不承认，我又开始想念她们了。

记得第一次到清迈时，也是这样的夜晚，TUK-TUK 车司机把我带到古城一家位于护城河边的旅馆前。露天的餐馆里坐满了来自各国的游客，隐约中

能分辨出各式各样的英语发音。我沉默不语地穿过人群和巨大的蓝色泳池，跟随服务员沿一条小径去到庭院后面最为僻静的住所。

屋子里所有的布置和装饰都是用藤条编织而成，极其喜欢。当晚，我趴在床头，迫不及待地拿出准备好的明信片，将它们依次铺开，认真地在背面写上文字。为了确保能寄回国内，我在每张卡片最上方的位置写上了“TO CHINA”，地址栏里还详细附上了中文和英文。

几年前，我们曾一起度过了青春中最宝贵的四年，如今却各自散落在天涯，只能靠这一张张来自异国小镇的明信片传递此刻的思念。我对她们说，自己是多么喜欢这个异乡的小镇，在这里似乎一切都来得及慢慢改变。

睁开眼的时候，天色已亮。兴许是昨晚聊得太晚，身边的同伴仍在熟睡。我蹑手蹑脚地起身，挨个从她们身上跨过，去到外面的露台。这时，太阳已经冲破天际探出半个头来，空气中夹杂着草坪修整过后的辛辣气味，街道上不时传来吵杂的声响。对面的高墙上，两只淘气的小猫正在你追我赶地嬉戏。原来，在喜欢的城市醒来，就连呼吸一口新鲜的空气都会觉得幸福。

简单地梳洗过后，换上棉麻的长裙，去巷口对面一家简陋的餐厅吃饭。气温已开始逐渐升高，巷子两旁是卖蔬菜和水果的摊铺。当地妇女将新鲜的芒果，菠萝，潘石榴等削好，切成小片装进塑料杯或袋子里。还没到真正的饭点，餐厅里客人不多。邻桌是一对年轻的欧洲夫妇，带着尚未学会走路的小孩。孩子牙牙学语的声音一下子吸引了我们所有人的目光。他有着雪白的肌肤，一双透亮的蓝色眼睛，笑起来的模样十分可爱，让人忍不住想上去摸摸他的小脑袋。不一会儿，帅气父亲察觉到了我们注视的目光，温和的点头报以微笑。在国外，像这样带着尚未断奶的孩子旅行的父母有很多，他们认为孩子是上天赐予的礼物，但绝对不会成为他们的束缚。这要是换到我们国内，几乎是不敢想象的。

看了看菜单，给自己点了份冬阴功汤和几样可口的小菜。这种以柠檬叶、香茅和虾为主要食材的特色汤品，酸辣香甜，五味俱全。和榴莲一样，喜欢的人百吃不厌，不喜欢的人怕是连味道都难以接受。说来也怪，自己对泰国食物并不抗拒，反而越吃越对味，且不说芒果糯米饭和各式的咖喱饭，就算只是在街头的夜市吃上一碗最普通廉价的米粉汤，亦会觉得回味无穷。

几乎是在同时，我们和那对欧洲夫妇一起走出餐馆。我看到父亲温柔地将孩子放到自己胸前的婴儿背带里，牵起身旁妻子的手往古城墙的方向缓缓走去。古城里沿河的一带遍布着各式的咖啡馆和餐厅，经常会有背包客们挎着大包小包，拿着旅行攻略书在寻找一处偏僻的餐馆或旅店。和他们一样，自己初次来时在古城里租了辆摩托车，一路飞驰。契迪龙寺，帕辛寺，素贴

山双龙寺……大约有两天的时间，我都在逛这些寺庙。在古老的契迪龙寺，身穿橙色袈裟的僧侣不断从眼前经过，他们面容平静，一副不以物喜，不以己悲的豁达神情。原来，仅一墙之隔，竟是两个截然不同的世界。

后面几天，没有再给自己安排任何行程，只是沿着古城墙漫无目的地走，去广场上看成群的鸽子，给它们喂食。有时会在午后钻进巷弄深处一家咖啡馆或泰式按摩店，如此悠闲度日。

等到夜幕降临时，沿着地图骑车去到长康路的夜市。在长约两公里的街道上，人头攒动，一片灯火辉煌的热闹景象。几百家店铺正在售卖各种工艺品和生活用品，这些商品简直包罗万象：服装，箱包，鞋子，乐器，灯盏，小到当地产的肥皂，首饰，刺绣布袋，香烟和打火机。讨价还价在这里似乎成为了一种仪式，笑脸盈盈的老板拿出准备好的计算器按下商品的价递到你手中，这时你可以重新按下自己的心理价位，一来二去，商品多半还是会成交，但却增添了一份别样的乐趣。也只有在这样的夜市，在清晨喧嚣的菜场，在古城破旧的巷弄，你才会发现清迈最真实的一面，感受到它浓浓的人情味。

小时候读宋词，读到过苏轼的那句：人间有味是清欢。当时虽不懂其含义，依旧十分喜欢，于是将它摘录到自己手边的本子上，反复翻看。二十年后，当我来到清迈，这句话突然又从心底蹦了出来。什么是“清欢”？那应该是一种清淡的欢愉，是远离了喧嚣的城市，忘记一切世俗的烦恼，真正融入到清淡平静的生活里。此刻，在清迈，我终于收获到了属于自己的“浮世清欢”。

古城内温暖的烛火已经亮起，人们从四面八方聚集前来。今天是泰国的传统节日——水灯节，它是象征青年男女旖旎恋情的节日，因为每逢水灯节

的夜晚，无论城市还是乡镇，只要是濒临河港或湖边的地方，水面上都会飘满水灯，辉映出青年男女们幸福的靓影，是如此的温馨，浪漫。

所谓地上水灯，天上天灯。除了水灯，人们还会聚集在古城塔佩门附近的广场上一起放孔明灯。在临河的街道上，少女们已经精心打扮完毕，盛装准备出行，脸上不自觉地流露出幸福的微笑。坐在花车上的仙子，佩戴白色羽毛的少年，泰国传统的服饰和街头即兴表演，这一切都充满着瑰丽的色彩。我站在人群中，看着长长的游行队伍从眼前经过，掌声，呐喊声，欢呼声此起彼伏。此时，无论你来自哪里，都会尽情地投入到节日的氛围之中，忘记国界，忘记一切，只享受当下这份喜悦与感动。

十个月的漫长等待，为的就是来见证这一刻。

晚风轻拂脸庞。

河边，无数盏用鲜花装饰而成的水灯正随风飘荡，烛光闪烁，映出少女们羞涩的脸庞。抬头仰望天际，无数盏暖黄色的天灯带着美好的祝福默默地飘向远方，最后将清迈的整个夜空照亮。

我告诉同伴们，自己曾无数次地幻想过水灯节的盛大场景，如今站在这里仍会有种想要哭的冲动。它符合我脑海中的一切想象，其本身的魅力和感染力甚至更胜一筹。你问：“我们还会来吗？我们什么时候再见？”其实，当下的这一刻，不心存疑问，不奢求占有，它的美已经直指尽头。

“许多人在周围 / 我却从未眷恋 / 再也没人象你给我 / 初见颤动的感觉 / 我只愿为你守着约 / 我的心永远那么甜 / 也许孤单寂寞 / 但心中依然无悔也无怨。”

静静地坐在广场中央，心底忆起一些琐碎的句子，烟花突然在头顶绽放。

这一刻，哪怕时空转变，沧海桑田，小城清迈，只愿为你守着约。

762 个弯道上 Pai 县

泰国 •Pai 县

在没去 pai 县之前，我已对它那蜿蜒崎岖的山路有所耳闻。一段大约 140 公里的路途，将近 100 公里全是弯道。据说很多游客从清迈搭乘巴士上 pai 县，走了不到一半便已晕头转向，呕吐不止。尽管如此，这个充满奇幻色彩的小镇仍一直不乏人气。

最近，清迈的天气很好，我住在塔佩门附近的旅馆，每天午后闲来无事便会沿着城墙一直走，看古城里那些建筑和不知名的小寺庙。巷弄深处，一栋粉红色的三层小楼在阳光照耀下格外地引人注目。它的四周都是颓败破旧的房子，灰白色的墙面，黯淡无光，因终年日晒雨淋，部分石灰已经开始剥落。我猜想，这栋小楼本也该如此，只是房子的主人有心，重新粉刷了墙面，令它一下变得与众不同，充满了温馨与浪漫的气息。

站在原地望了它好久，忽然意识到，或许自己应该去趟 pai 县，去看一看那如童话般的小镇。为了减轻晕车的症状，没乘坐大巴，找了几个同伴在古城里租了辆车。出发没多久，导航上那如大肠般的路线图便令车上的所有人目瞪口呆。这一路共有 762 个弯道，并且很多都是 180 度的急转弯。我和几个女孩坐在后座，即便拉好了扶手，整个人仍会不受控制的左右摇摆。

汽车在蜿蜒的山道上长时间的盘旋着，本以为自己早就摆脱了晕车的苦恼，任性地没带任何药物。此刻，为了止住胸中不断袭来的呕吐感，只能从包里掏出一包糖，取出一粒放进嘴里。坐在我身旁的女孩则一直屏住呼吸，紧闭着双眼，尝试完全放空自己。

这段漫长难熬的路途令我想起了一次难忘的骑行经历。从清迈到清莱，一天里驱车数百公里，只为看一眼传说中的白庙。在清迈待久了，看过那么多金碧辉煌的庙宇，有一天，我突然对白庙产生了兴趣。只因它通体的银色在泰国庙宇中独树一帜，我便愿意花上一整天时间去看它。一辆小型的摩托车穿梭在乡间小道上，路过小镇的加油站时，皮肤黝黑的小伙亦对我投来诧异的目光。是啊，几乎没有人愿意这样做，来回三百多公里的路途，整天都耗费在了路上，而真正参观白庙的时间仅有一个小时。至始至终，我都愿意为一处绝美的风景付出最为艰辛的跋涉，就像此刻去到 pai 县的路途，对我来说也是一种必然。

不知经过了多少个弯道，终于爬上山顶，车在一座黄色的小屋旁停了下来。一家叫 Coffee in love 的咖啡馆，因是泰国电影《Pai In Love》的取景地而名噪一时。炎热的午后，咖啡馆里早已人满为患。我点了一杯咖啡，拿着它走到后面的庭院。视野一下变得开阔起来，不远处的群山轮廓清晰可辨，近处则是大片的田野和绿色的植被。我置身于群山环绕的田园美景之中，大口呼吸着新鲜的空气，所有的不适症状全然消失。

Pai 县很小，本想着只待上一两天，谁知后来所有人都赖着不肯走。为了融入当地生活，在各式各样的旅馆中，我选了一处比较偏僻的农家旅舍，真正地回归田园。一栋栋别致的木质小屋，清晨推开房门，整个人瞬间会被眼前的绿色所包围。吃过主人精心准备的午餐，步行去树屋，看大象在水中尽情地嬉戏，或是去到山间泡一泡天然的温泉。对，就是这样，这里从来不存在快节奏，只有慢生活。

晚上最热闹的地方是小镇的夜市，虽不及清迈夜市的规模，却独具特色。

泰式按摩店、咖啡馆一样不少，酒吧也随处可见。欧洲男人们几乎每天都聚在一起，穿着人字拖和短裤悠闲地坐在街边的凳子上喝酒。整条街道上，各种小清新的店铺应有尽有，人气最高的要数化装成杰克船长的明信片摊主。他的一身装扮像极了电影中的人物，每天都有游客蜂拥而至上前与他合影，经常将小店围个水泄不通。等所有客人散去后，杰克船长也不准备卸妆，便直接开着他那辆蓝色的复古小车回家了。我很欣赏他那洒脱不羁的性格，好几次都觉得自己像是走进了电影的情境之中。

哪儿也不想去的时候，我就钻进一家泰式按摩店。按摩师多半是当地的中年妇女，手法相当娴熟。一次我去的按摩店旁边正好有一群传统的艺人正

在弹唱着当地古老的曲调。虽不懂他们唱的是什么，但一边按摩一边听着呢喃声，不知不觉间便睡着了，被叫醒时竟一下忘了自己置身何处。这样的日子，似乎每天什么都没做，可一旦回忆起来，任何一个瞬间都是这般的美好。

回程的路上，我执意要去看二战桥。

一座在二战期间遗留下来的桥，其本身并无任何特别之处，如今却成了著名的景点。这座承载着历史的铁桥，随着游客的到来也逐渐变得富有情调起来。走在用木板铺就而成的桥面上，看着上面来往的人群，每个人脸上都不自觉地洋溢着微笑。

快乐本该是如此纯粹简单的东西，当我走上眼前这座最普通不过的铁桥时，它竟悄无声息地将我遗失已久的快乐全部找了回来。原来，让我快乐竟是如此简单，简单到让旁人想笑，让自己想哭。

此后，不管我行至何处，都不会忘了有这样一个地方，每天可以睡到自然醒，想念远方亲人时就寄张明信片，累了就泡下温泉，做个按摩，心情好的时候到夜市逛逛，然后心满意足地回去睡个好觉，每天都是阳光灿烂的晴天。

迷失在台北

中国 • 台北

雨季来临，浮华的景象沉浸在潮湿的空气里，忧伤弥漫着整个城市，如雨点般顷刻间淋湿了广厦街角。我倚在巴士上望着窗外，熟悉的街道和路上陌生的人群如风一般从眼前极速而过，吹乱了所有的思绪。

想起几年前，李志唱过的一首歌：《山阴路的夏天》，他用低沉的嗓音反复地唱着："南京的雨不停地下不停地下，有些人却注定要相遇。"看似像在诉说相遇，其实是在诉说情伤。从相遇到别离，我们的距离并没有想象中那么近，你没有道别就离去，而我的思念却从未停止。爱是那么乏力，仅留下些许残存的记忆，那是在山阴路八楼的房间，你和我一起歌唱过的日夜。如此伤感，好似此刻窗外的天气。

山阴路是我大学附近的一条小街道，这么多年过去了，仍清楚地记得夏日里，阳光洒落在那宁静的小道上，在天地间渐次荡漾开来的情景。记得自己无数次从上面走过，怀着各种复杂的心情。记得街道上的店铺换了又换，属于我的青春也在眨眼间如梦幻般滑落。这样一条小小的街道，不知承载了多少人的情感，见证了多少次的相遇与别离。

从小，自己就是一个方向感很差的人，至今都分辨不清东南西北，唯独记忆力相当好，能清楚地记得走过的每条路，每个街道。无数条纵横交错的街道，构成了一座城市的血脉和骨架，看似冰冷，实则极具人情味。它们承载了各种特殊的情感和意义，见证了所有故事的发生与终止。因此，如果我说，自己喜欢上了一座城，那肯定与街道有着千丝万缕的联系。

此番从台北回来几天了，仍时常会在迷迷糊糊，半梦半醒之间听见雨点滴落所发出的清脆声响，仿佛自己从未曾离开过那座多雨的城市。以前常听周围的朋友抱怨：无论什么时间，什么季节去台北，总能遇上雨天，我还将信将疑，岂料，这次从我走出桃园机场那刻开始直到离开，台北竟一直在下雨。

前来接机的谢先生是土生土长的台北人，旅居法国多年学习建筑，回来后便将自己的旧屋重新整修了一番，搞起了民宿。因房屋设计别具一格，又临近台北车站，交通十分便利，我也慕名成为了他众多房客中的一员。一路上，他热情地向我介绍着台北有名的夜市和小吃，而我，显然对当地的老屋和街巷更感兴趣。

若是以我们久居大都市的内地人泛然地看台北，那定是看不上的，估计见第一眼便会失望吧。房屋破旧，街道狭小，一家店紧挨着一家店，高楼大厦十分罕见，还经常下雨，整个城市给人的感觉都是阴阴郁郁的。然而，他们又何尝知道，所有这些才是台北真正的魅力所在。

我本很讨厌雨天，可总觉得雨中的台北别有一番委婉妩媚，便也就欣欣然接受了。撑着透明伞，在细雨中走街串巷，是体验台北街巷之美的最好方式，也是深入当地生活的最佳选择。那些令人流连忘返的街道，它们不仅保留了城市的灵气，还无限地拉近了人们的生活，带着浓浓的温情。

从住所一路步行到台北车站，雨一直在下，淅淅沥沥的。广场上人很少，仅有几位身着正装的男女，手中拿着厚厚一叠文案资料，聚在一起紧张地讨论着工作日程。旁边是两节复古小火车，黄白色调，供游客观赏和留影。停留片刻后，突然起风了，有些冷，我赶忙往里面走，猛一抬头便看到了“微风·台北车站”几个繁体大字，不禁慨叹：原来，台北比我想象中还要文艺得多。

临出门前，谢先生特意叮嘱我去永康街和青田街看看，这两条街道与龙泉街一起被当地人简称为“康青龙”。一开始，我并不知道为什么谢先生执意要我前来，等到达之后才发现，它们存在的本身便是这座城市态度的体现。

那里没有高楼，也没有宽阔的街道，只有很多保存良好的老屋和一间间各具特色的小店，人们悠闲自在地穿行于狭小的街道巷弄间。时间变慢了下来，雨点滴落了下来，我站在街头，仔细聆听着这曲美妙的旋律，好想不顾一切地在雨中舞蹈。

另一条使我钟情的街道则是位于万华区的剥皮寮老街，它曾因电影《艋舺》而一时名声大噪。这条街道并不算长，多半是砖木结构的房屋，红色的砖块映衬着黑瓦和褐色的木窗，随处可见斑驳的墙面，古旧气息尽显无遗。据当地的学生讲，除了《艋舺》，当年侯孝贤导演的《恋恋风尘》也曾在此取景。可能是因为下雨的缘故，游客不多，三三两两的，不到一会儿功夫便全散了，整条街就只剩下我一人。舒国治曾说过："雨天，属于寂人。这时候，太多景物都没有人跟你抢了。路，你可以慢慢地走。巷子，长长一条，迎面

无自行车与你错身。”天色渐晚了，两旁亮起一排整齐的灯盏，灯光下的街道斑驳颓然，我独自走在空无一人的巷弄里，忽儿忆起了戴望舒笔下那条悠长又寂寥的雨巷，想象着自己是否也能遇上一位像丁香般结着仇怨的姑娘？

曾经看过一篇很有意思的文章，上面说内地人去台北旅行，一定不会迷路，因为整个台北的街道，就是一张摊开的中国地图。这张地图到底有多大？横走 16 公里，直走 17 公里，就是一张 272 平方公里的地图。的确，台北的街道都是按照中国省份和城市的东南西北位置去命名的，这样看来，无论要去哪里，都带着一份自然而然的亲切感。

我本就是个随遇而安的人，很多时候没有目的地，走到哪里，便是哪里。一日雨夜，我在台北街头漫无目的地闲逛，忽然发现在一条并不起眼的巷弄里竟藏着很多家咖啡馆和书店。每家店都有着自己不同的设计理念，从主题，

色调，再到摆设，非常用心。来喝咖啡的多半是常客，有着自己固定的喜好和位置，他们其中不乏艺术家，音乐家以及各行各业的白领们，难怪龙应台说，咖啡馆才是这座城市的文化舞台。所以，如果来台北，记得一定要往街道深处走，那里才是整个城市最具诗意的地方。

赶在打烊前，我走进巷弄里的一家咖啡馆，店员端上来一杯温度刚好的咖啡，电台里正播放着一首安静的歌曲：

雨后有车驶来
驶过暮色苍白
旧铁皮往南开
恋人已不在
……

那一刻，我终于迷失了，迷失在了这无人的街道，也迷失在了这雨夜的台北。

第三章 邂逅美丽的意外

我顶着烈日，沿着狭长的白色沙滩往前走，微风拂过平静澄澈的海面，四周空无一人，好似玻利维亚的天空之镜，又像是走到了世界的尽头。

踏上冒险之旅

中国 • 额济纳旗

那一世，转山转水转佛塔，不为修来生，只为途中与你相遇

当汽车行驶在茫茫戈壁时，正是一年中秋色最浓的时候，我却与同伴J发生了激烈的争执。“这不在计划之内，不要往前走了，我要回家。”我说。J开着车，丝毫没有要调转方向的趋势：“你应该尝试着对生活做出一些改变，现在还为时不晚。”“不，我并没有想去到那么远，而且时间已经所剩不多。”明确摆出自己的态度后，他依然坚持“不要那么刻板，计划往往赶不上变化，随兴所至或许能收获意外的美景。”不得不承认，我不是他的对手，可就在一天前，我仍断定甘肃会是此次自驾旅途的终点，不，一定是某个环节出了问题。

24小时前，我在马蹄寺。作为河西走廊上著名的佛教圣地，它低调的一直鲜为人知，即便是风景绝佳的秋季，游客依旧寥寥无几。一叶落而知天下秋，走上一条黄叶纷飞的小道，漫天金黄色的树叶在阳光的照耀下尽显千姿百态。我随手捡起一片落叶，高举过头顶，阳光穿透它的边缘，其脉络清晰可辨。

J一边往前方的观景台走，一边回头不断向我挥手：“快点啊，太阳马上要落山了！”我开始加快脚步。当站到最高处的平台时，太阳却忽然躲进云层，与我们玩起了捉迷藏。

不远处，气势恢宏的三十三天石窟尽收眼底。在一片悬崖峭壁之上，布满了大小不一的石窟，触目惊心，好似古稀老人苍老的面孔。远方的群山被无边的秋色所浸染，正奏响着一曲秋的交响乐。

我坐在一片空地上，看着眼前的一切，没有说一句话，只是静静地坐在那里。或许当一个人从城市的喧嚣里走出来，真正行走在山间田野的时候，才能触碰到内心深处最为真实的灵魂。这座距今有1600多年历史的古寺，在我到来之前，就已经存在了很久。不知道，我错过了多少关于它的故事，而今，它却只能用如此沧桑的容貌，来纪念这浮生中的匆匆一面。

临行前，迎面走来两位虔诚的信教徒，与他们擦肩而过时，我对J说："你知道吗，据说三世达赖索南嘉措也曾来此朝圣，而在青海等地的信徒如若不能来此拜佛必会抱憾终生。"

他将信将疑地问："真的吗？我是个无神论者，不信任何宗教，所以很多时候，很难理解他们的做法，你觉得人活着必须要有所信仰吗？"

"当然不是必须，每个人选择的方式不同，在他们看来，信仰可以使灵魂找到一处皈依之所。而事实上，任何问题上升到某种程度，最终都会与宗教有所关联。"话音刚落，自己便开始后悔，不该与一个对此毫不知情的人谈论过于高深的话题，可惜已于事无补。

一路上，J开始不停地与我争辩，一场持久的角力战，直到汽车在夜色中抵达酒泉才停息。我想，这一趟近半个月的自驾之旅，能够到达的最远处便是这里了，虽然离嘉峪关仅有不到30分钟的车程，但我已不准备再继续往前。

第二天一早，刚坐上车准备回程，J便拿着导航仪对我说："我们走另一条路回去，可以吗？"我居然什么也没问，就这样默许了。事情往往便在这不经意的瞬间发生了实质性地转变，而我却是后知后觉。

当汽车没有驶上高速，而是走上一条无人问津的道路时，我才发现不对：

“现在是往哪里开，为什么不是高速，而是如此糟糕的路面？”

J望了我一眼，对于这个临时起意的想法，他显然有些心虚：“我们在去额济纳旗的路上。”

“等下，去哪儿？额济纳旗是哪里？”

“内蒙古，那里有沙漠和胡杨。”

“什么？内蒙古？”我诧异地望向他！

“其实不远，就三百多公里，我在导航上找到一条近路，下午之前一定能到。”他开始用各种理由来说服我。

半小时过后，路面开始变得凹凸不平。望向窗外，四周空无一人，只剩一片荒凉的戈壁。潜意识告诉我，肯定是走错路了。掏出手机，定位地址后才发现，J说的近路其实是一条被废弃的旧省道，路况相当糟糕，按50码左右的车速往前走，大概要到深夜才能到达目的地。

显然，J完全没有料到这一点，与他认识这么久，其向来不按常理出牌，我气愤地与他进行了激烈的争执，于是便发生了开头的那一幕。当时，我们的车在戈壁上行驶着，道路狭窄，路面不平，很容易触碰到底盘，且几乎没有来车。没等我下一句话说出口，车子突然失去了平衡，偏离了中间的道路向着一旁高低错落的土堆冲去。顿时脑子一片空白，只能将双手紧紧握住右上方的扶手，内心无比恐慌，觉得随时都有翻车的可能。J拼命的踩住刹车，试图挽救却已经来不及。车快速地撞上了左侧的土堆，倾斜了近45度，唯一庆幸的是它没有翻个底朝天，侧翻后终于缓缓停了下来。整个过程从开始到结束不过短短几秒，我却和他呆坐在位置上，整整一分钟没有动弹。幸好是系了安全带，不然后果不堪设想。

心情平复下来后，J下去看车，左侧的大灯被撞坏了，有多处的碰擦，但还能正常启动。听到这个消息，我终于放下心来，用不着担心会置身荒野了。生命原来是如此的脆弱，不堪一击，突然出现的意外使我们变得更加小心谨慎，我不再与其争执，J也再次放慢了车速。

天很快黑了，荒凉的戈壁景象顷刻间便被一片黑暗所吞没。我对黑夜曾如此着迷，但面对这更为深沉的黑暗，却仿佛一下跌入了无边的深渊，一种前所未有的恐惧感在慢慢袭来。

借着右侧仅有的车灯，只能模糊的看清前方一小段路面，四下安静的没有任何声响，黑夜吞噬着一切。J似乎有话想说，却欲言又止，沉默片刻后终于还是忍不住开口："抱歉，我不知道会是这样。"

"没关系，我也不该与你争吵。"我说。

为了打破沉寂，缓和紧张的情绪，我问："你最喜欢的歌是哪一首啊，

反正路还长，听点音乐吧。”

“张学友的《秋意浓》。”他几乎脱口而出。

“的确，这是首十分应景的歌。”说完，我从音乐列表中迅速找到了这首歌。张学友的歌声传来，他深情地唱着：秋意浓 / 离人心上秋意浓 / 一杯酒 / 情绪万种。极富感染力的嗓音不觉将我的思绪带回到了学生时代。

那晚，我和往常一样坐在图书馆的一角，翻阅着一本书籍。已快接近期末，八点过后的图书馆依旧是人满为患，灯火通明。L 突然给我发来短信：我在新疆，此刻汽车在戈壁上已经行驶了近十个小时，四周仍是茫茫一片，走出去亦不知要到何时。我睁大双眼，盯着手机屏幕将短信读了又读，那到底是一幅怎样的场景，才能使 L 在言语中透露出茫然与无助，当时的我并不曾知道，亦无从体会。命运总是如此玄妙，几年后的现在，情景重现，只是换了对象。此时，我终于深刻地体会到了 L 那时的心境，想倾诉，却不知其身在何处。

到达额济纳旗时，已过了深夜十一点。J 仍在担心我会怪他做出如此冒险的决定。其实，早在撞车的那一刻，我便已然释怀。有些事情，如果注定无法回头，那还不如就这样一直走下去。而当我站在胡杨林里，看着它们遗世独立的惊艳倒影时，我更加确定，这样的冒险是值得的。

额济纳河上一共有八道桥，每当秋季来临之时，每道桥都会被金黄色的胡杨林环抱其中，数量之多、规模之大实属罕见。在这样的美景面前，任何的语言都失去了其原有的力量。我似一位孤独的旅人，突然间闯入这里，想来倾听胡杨跨越千年的传说。

一年一轮回。胡杨说，我在这里足足守望了三千年，只为等候你的到来。

为了这个约定，不管风云如何变幻，都默默地守候着归期。我想，如果海枯石烂，至死不渝的爱情真的存在，也抵不过胡杨近千年的守望吧。

从一道桥到八道桥，好似一下穿越了千年的历史，胡杨林那层浸染的色泽一度令人迷醉。我说："很难想象，在一片苍凉的大漠之中，竟会有如此摄人心魄的美景。" J笑而不语，眼神间却分明流露出些许的得意。

在八道桥的尽头，是著名的巴丹吉林沙漠。这是我人生中第一次走进沙漠，当那连绵起伏的沙山，那波浪般的纹路真实的出现在眼前时，此前对其的猜测与恐惧竟全然消失。在《撒哈拉的故事》里，三毛说，"每想你一次，天上飘落一粒沙，从此形成了撒哈拉。"或许对于沙漠而言，唯有身临其境才能感受到它的与众不同和神奇之美吧。

风华是一指流砂，苍老是一段年华。

西北大漠啊，几年前我在脑海中努力地想象过你的样子，几年后的今天，我终于站在了这里，站在了这片无边无际黄沙蔓延的土地上。人生或许就是这样，所有你想要的，终会在未来的某一刻以另一种方式得到。

回程途中，有好几次，我都忍不住想对J说，感谢你带我踏上这段冒险之旅，使我收获了这个秋天最美的风景。

希腊太远，去华欣

泰国 • 华欣

“现在是希腊时间晚上11点，我在圣托里尼岛。入住的酒店正好位于伊亚小镇的悬崖边，这里有着世上最美的日落和最静谧的夜晚。此刻，我站在酒店视野最开阔的地方，给自己倒了一杯红酒，不远处灯火通明，恍若隔世……”

凌晨五点，天刚蒙蒙亮。收到B发来的这封邮件后，睡意全无。想去希腊很久了，读到这样的文字更是抑制不住内心的冲动。那一抹令人心醉的蓝与白啊，它的浪漫气质始终羡煞旁人，这样的地方适合见证爱情或与恋人深情相拥，倘若独自前往肯定会觉得缺少点什么。可于我而言，这一切太过遥远，就像是个遥不可及的梦。

十一月的天已经开始渐渐变冷，最不喜欢的季节正一步步向我逼近。按照中国旧时的花历十一月对应的是水仙，水仙是洛神。我对水仙的喜好没有栀子来的浓烈，但也不会排斥，因为它很纯净，茎枝光滑。记得去年冬天，去B家中做客时曾看到过一盆水仙，当时花朵开的正盛。他的房子潮湿阴冷，很难见到阳光，没坐一会儿便开始不自觉地发抖。我抱怨这寒冷的冬季过于漫长，他却笑道："俗话说的好，冬天来了，春天还会远吗？照我说啊，你应该学学水仙，它耐得住严寒，只盛开在冬天。"转眼一年过去了，自己似乎什么都没变，依旧不喜欢冬季，惧怕寒冷，而此时B却在遥远的爱情海，不知道他身旁牵着的是谁的手，也不知道他家中那盆水仙是否开的如往常一般娇艳。

每年的十月过后，自己总会计划着往热的地方跑。考虑到时间，金钱等综合因素，东南亚无疑是最佳目的地。因此，当B在圣托里尼岛漫步夕阳下时，我也没闲着，和几个朋友再次去了泰国。说来也巧，本来准备暑假去东极和嵊泗，可那段时间浙江常有台风登陆，最终也没去成，索性便将泰国之行提上了日程。想来是冥冥中注定，这一年的开头和结尾都要在那里度过。

不知为何，在去到一处陌生的地方或者陌生的城市时，总会有种莫名的恐慌感，这种恐慌来自于对一切的未知，而偏执的我却总想将一切握在手中。第一次去泰国时，自己花了几天时间，查找了很多资料，将所有攻略都做到最为详细，光小便签纸就手写了几十页之多。上面的内容详尽到目的地所有飞机，火车以及大巴的乘坐地址，出发时间和换乘方式，怕有语言上的沟通障碍，还将一些常用的简单对话翻译成泰语写在了本子最后。可笑的是，真正到了之后，在将近半个多月的时间里，那本子竟从未打开过，而我此前所有的顾虑和担心也都是多余的。根本不需要什么攻略，那是一个温暖的国度，随处可见热情好客的人们，金碧辉煌的庙宇；那也是一个多元的国度，开放，自由，充满了激情，但对于信仰仍会给予至高无上的尊重。与别的东南亚国家不同，它不苦情更不悲情，总是魅力四射地吸引着你全部的目光。

仅相隔数月，我毅然决定再次回到那里。

同行友人都是第一次去，行程上愿意听从我的安排。临行前，自己竟意外发现了华欣附近的一个公园，它被称作迷你版的圣托里尼，整座园区的建筑风格完全是模仿希腊爱琴海上的小岛圣托里尼而建，这让我兴奋不已。于是当即改变行程，将原本已经很紧张的时间再次进行了压缩，抽出一天专程前往此地。

从武汉飞曼谷，当天气温很低，还下着大雨。三个小时后，我们从廊曼机场走出来，外面早已是艳阳高照，闷热的空气中还夹杂着一丝熟悉的香气。脱下厚重的冬衣，换上飘逸的长裙，整个人顿时轻松畅快了许多。

华欣离曼谷大约有两个小时的车程，是泰国最传统的海滨胜地。虽说它以前只是个小渔村，但其与贵族的渊源最早却可以追溯到 20 世纪 20 年代。我们要去的公园在从曼谷到华欣的必经之路上，考虑到换乘交通的不便，众人一致决定租车前往。一辆小型的家用车，驾驶位在右侧，经验老道的两位男士主动要求开车，剩下我们三个姑娘坐在后座。跟着谷歌地图上显示的路线，车朝着华欣方向驶去。

走了近一半路程后，前方突然开始堵车，几名泰国警察正在查来往的车辆。我们的车也不可避免地被拦住。大家都是第一次在国外租车自驾，心里十分忐忑，不知道会出什么临时状况。这时，两个泰国警察走了过来，开始询问我们前往的目的地，在得知我们是中国游客后，让大家出示了各自的护照，并要求打开后备箱，检查随身携带的行李，最终友好地放行了。

“真是虚惊一场，不过是个例行检查罢了。”同伴长嘘了口气。

“不管怎样，还是谨慎些好，我们慢慢开，不用着急。”我仍是一贯地小心谨慎。这样一来，原本两小时的路程被无限放大，直到傍晚才抵达，大

伙早已饥肠辘辘。顺利入住酒店后，顾不上休息就一路辗转去了华欣当地著名的海鲜夜市。

在狭窄的巷弄内，我看到了一片别样的天地。两旁的商铺一个紧挨一个，售卖着当地各种各样的小商品。又因是海滨小镇，十几家海鲜店铺一字排开，澳龙大到令人瞠目结舌。

饱餐过后，大伙沿着镇上的海滩散步。暮色降临，晚风吹送。我脱了鞋，赤脚踩在细而柔软的沙滩上，突然觉得此刻什么都不再重要，重要的是你正站在这里，感受着一切。

一夜安睡到天亮。

吃过简单可口的早餐后就要去传说中的圣托里尼公园了。据悉公园才开幕一年便已经成了当地著名的景点，素有"小希腊"之称。几十分钟后，车停在了一处白色的建筑前，墙面上"SANTORINI PARK"的蓝色英文十分显眼，

不远处，公园内高达 40 多米的梦幻摩天轮在阳光的照耀下好似童话中的仙境。

买票进入公园，巷弄里随处可见蓝窗白墙的小房子，漫步其间，犹如置身圣托里尼岛，浪漫且惬意。除了主体的蓝白色调保持不变外，公园部分建筑还加入了粉红，橙红，草绿等其他明艳的色彩。就连小屋旁的阶梯，那一处不经意的角落，建筑师们也将其打造的极具特色。无论站在哪里，你只要按下快门，便能收获绝美的风景。走累了，就找间小小的店铺，坐下来，问老板要一个冰饮或甜点，尽情地享受着每一寸一去不复返的时光。

来前我还有些担心，怕这样一个临时的起意会让同伴们失望，而实际上大伙都玩得相当尽兴。公园整体面积虽不大，但吃喝玩乐俱全，当姑娘们沉醉在各自的梦境中不能自拔时，男士们早已在不远处的游乐区跃跃欲试。

泰国真是个神奇的国度，在这里我又发现了它充满童真的一面。这个公园最大限度地满足了孩子们的天真，姑娘们的幻想，情侣们的浪漫。如果你带着一颗发现美的心，定不会失望而归。

临走前，同伴提议去坐一次摩天轮，当蓝色的摩天轮缓缓升至最高空时，远处整个海滩的美景尽收眼底。我突然想到了B，不知道此时他是否还在圣托里尼，有没有如愿看到这世上最美的日落，而我只想告诉他：在这里，在这个小镇，也有宽阔的大海，蓝色的窗户，白色的墙壁，这里是圣托里尼的另一个梦境，这里是泰国华欣。

带着偏见上路

日本 • 水户

当这一年已然过去三分之二的时候，我脑海里突然冒出一个念头：是时候去趟日本了。一直以来，在旅行的某种偏见里，它始终榜上有名，这点倒也不足为奇，因此在很长的一段时间里，我的目的地里没有日本。直到某天醒来，回想起昨夜在客厅连续看的两部电影、一部动画，它们均出自日本，摸一摸眼角，泪痕犹在，才渐渐明白自己这样固守的偏见似乎不太客观，也多少带着点违心的成分。

最终得以促成此行的是《城市画报》的一篇专访，2011 年夏天发行的旧刊，从二手书贩那以相对低廉的价格买回来，却也是满心欢喜。里面有我很欣赏的一位女作家的专访，当被问及想要一去再去，感觉上无论去多少次都不会厌倦的地方是哪里时，她的回答简单干脆：目前来说应该是日本。就是这几个字，让我对日本产生了更为强烈的好奇，到底它具有怎样的魔力，这种种的困惑或许只能由我来亲自作答。

从办理签证，定机票到收拾行李前后一共用了将近两周，这比预期时间推迟了好几天，考虑到此行路程相对漫长艰辛，我和同伴都只带了一个 20

寸的登机箱。为了尽可能地节省空间，除了日常需要换洗的衣物，相机，电池等，所有洗漱用品和日用品均被排除在外，我坚信在一个发达国家这些生活必需品都能够轻易买到。

深秋十月，上海早已微露凉意，凌晨时候机大厅里多半都是睡意正浓的人们，每隔一段时间广播里便开始播报相关的航班讯息。还好，我们的航班没有晚点，这本身已经是值得庆幸的一件事。在飞机上的狭小空间里，我看着窗外蔚蓝透亮的天空发呆，不时会有大朵厚重的白云从眼前飘过，真是难得的好天气。

从上海飞茨城，一个多小时的短途飞行，很快便到达了目的地，同伴一边取行李，一边难以掩饰自己的兴奋之情，而我想要一探究竟的日本，也从此刻开始正式进入了我的视野。

从机场出来直接买了前往水户的大巴票，工作人员怕旅客上错车，认真地检查着每一张票据。刚刚下过一场雨，地面湿漉漉的，温润潮湿的空气像一首熟悉的日式曲调，不断在我的心底盘旋，是久石让的《天空之城》还是宗次郎的《故乡的原风景》其实都不太重要，重要的是当下的这一刻，我要试着将自己身体里每一个细胞甚至毛孔都全然打开，这注定会是一次期待已久的相遇。

“快看那边，像不像宫崎骏动画里出现过的农村？”顺着同伴手指的方向望去，是一片村庄，散落着零星的几户人家，有田野和菜园，一切都显得干净整洁，井然有序，还真有点儿像日系动画里的田园风光呢。还没来得及好好欣赏，汽车便在前方拐弯上了高速公路，只能遗憾地作罢。

抵达水户的时候已临近傍晚，碰巧赶上中学生放学，在 JR 站外，看到一群女孩，扎两个小辫，统一白色的衬衫，深蓝色的西服，格子的短裙配一双深色半筒袜，黑色圆头皮鞋，手里拿着透明的长柄伞，这样一幅画面让我不禁想起一本书名《校服的裙摆》，裙角飞扬的少女时代还真是让人羡慕。

“外面好冷，我们先去吃点东西吧！”同伴话音刚落便迅速走进了一家速食面馆，我也跟着推门进去。店员热情的上来招呼，看着菜单上各式的拉面，我唯一能想象到的味道就是在国内经常吃到的味千拉面，管不了那么多了，此刻的我迫切地需要一碗热乎乎的面条来慰劳一下已经饿了太久的肚子。

在半开放式的厨房内是一片热气腾腾的忙碌景象，下班的中年男子，穿着白衬衫，黑西服，独自坐在靠厨房的长桌前，默默吃完一整碗面条，留下零钱离开，自始至终沉默无语。回想起在国内，似乎一个人去餐馆吃饭是一

件令人难堪的事情，谁也不愿意让别人看到自己的孤独，况且国内的餐厅最少都是双人桌，如果你单独一人，那对面空着的位置仿佛是一种暗示，它会给人带来恐慌。而在这里，挨着收银和厨房的位置有一排长长的凳子和餐桌，就算你独自前来也不会感到任何不适与突兀，狭小的空间因为有食物流动的气味而显得极具人情味。记得村上春树曾说过：人生来在本质上便是孤独的，或许是因为意识到这一点，他们才比我们更懂得接纳孤独，治愈孤独吧。食物很快被端了上来，居然出奇的好吃，暖心的食物将我一整天的疲惫一扫而空。走出面馆，已是华灯初上，在巷弄深处，暖黄色的灯光下，各种小小的居酒屋内又将是另一番别样的天地。

穿过巷弄，我们顺利入住到之前预定好的酒店，其位于僻静的马路边，虽是高级酒店但门牌很小，内部也十分狭小，电梯最多能同时挤下三个人，走出电梯是一条狭窄迂回的走廊。房间内放下所有的床和桌椅后，过道勉强能让一个瘦子正常行走。当然，除此以外一切都十分完美，床铺很软，热水充沛，日用品充足，地面干净整洁，物品摆放有序。小电视里播放着当地的综艺节目，完全陌生的语言，我从楼下便利店买来一堆食物，一边吃一边看着电视打发时间。已经不记得自己是怎么睡着的，后半夜时隐约听到窗外有雨声，接着便梦见自己坐船去往一个陌生的海岛。深夜的大海，海水异常汹涌，船开始剧烈地摇晃，我独自一人置身在黑暗的大海上，消失了所有通向彼岸的途径。就在这个时候，忽然感到有人在推我，睁眼一看才发现自己在床上，原来是场梦！

“快醒醒啊，你有没有感觉到晃动？”同伴惊恐地问。

“我刚才做梦，梦见自己坐在船上，风浪很大，船摇晃的厉害……”

“什么做梦啊，好像是地震！”

“啊？？？”没等我反应过来，房子开始继续晃动。原来不是梦，真的是地震，这下我们彻底傻了眼。外面漆黑一片，酒店没有任何的响动。这时，枕边的手机突然亮了，上面除了大大的惊叹号外，还有用日语发布的紧急警报，大致意思是水户今晚遭遇5级左右地震，仅此而已。我不知道是不是该对日本的房屋有点信心，但此刻外面暴雨如注，也只能待在这个狭小的空间里，有没有更大的地震，会不会有余震，都是未知数。好在没过多久，一切似乎恢复了平静，但我却再也无法安然入睡。

天终于亮了，顾不上穿鞋，光着脚踩过地毯，撩起窗帘。窗外雨已经停了，地面仍是潮湿的。整个街道上一片寂静，因为太早，楼下的商店还是大门禁闭，酒店对面的停车场里，车辆被雨水冲刷的透亮，偶尔有年轻的女子和年迈的老人独自经过，神情自若，脚步从容不迫。似乎这里从来没有经历过昨晚的地震，一切都在有条不紊地进行着，我不太敢相信自己眼前看到的一切，自言自语道：“难道人们都失忆了吗？怎么好像什么事都没有发生过一般淡然？”“或许是他们经历了太多，早已习惯了，而且他们对自己的房屋抗震性有足够的信心”同伴分析道。起床出门，去楼下便利店买早餐，还是昨晚的那个店员，今天依旧热情地向我点头示意，找寻不到任何与以往不同的痕迹，难道昨晚的地震真的只是我做的一场梦？

去前台退还房卡，我还是忍不住询问：“The earthquake last night？”（昨晚地震了？）年轻的服务员微笑着用最为简短的英文回答：“yes！”原来，真的是我这个陌生的闯入者一直在杞人忧天，他们却从未因此而打乱生活的节奏。

地肤（kochia）

走出酒店，天空早已放晴，到门前等 2 路公车，准备去日立海滨公园看一眼名为地肤（kochia）的灌木。它是一种草本花卉，株高约 50~100 厘米，植株是嫩绿色的，只有到秋季时叶色才会变红，10 月正是观赏它的最佳季节。

雨后的公园显得有些冷清，又因不是节假日，几乎看不到任何游客，即便如此，年轻的售票员依旧热情不减。她微笑着将一份公园详细地图递了过来，并用手指向前往地肤山的方向。

走进园内不久，我就被其庞大的占地面积惊呆了。很难想象在一个寸土寸金的岛国，连酒店都建的十分迷你，却愿意用 3.5 公顷的面积打造一个公园。在这里，一年四季都有不同的鲜花盛放，而地肤山只是公园内一片因地肤而知名的小山丘。

沿着地图上所标注的位置走去，不知过了多久，终于看到前方有片玫红色的花海。走近一看，整个小山丘上，成千上万株地肤正在随风摇曳着，那一大片鲜艳欲滴的红色，着实令人惊叹。同伴蹲下身子，兴奋地叫道："你快来看啊！"原来，雨后的地肤山，几乎每一株地肤上都挂着一颗颗晶莹剔透的小水珠，如钻石般闪耀着夺目的光泽，令人不忍用手去触碰，生怕一碰便落了，碎了，不复先前的透明。

顺着小路走到山丘的顶部，整个公园的景象便一览无余。我站在风中，细细回想着日本带给我的初印象：除了那场令人惊魂未定的"地震"，更多的还是少女们裙角飞扬的青春，半开放式厨房中食物的香气以及当下无数 kochia 迎风绽放的声音。

我看见辽阔，所有悲伤都沉默

日本 • 北海道

在我的童年记忆里，远方可以没有山川，湖泊，田野，但一定会有大海。可能是我自小生长在一座南方小城的缘故，很少有机会看到真正的大海。初中时代读鲁彦的《听潮》，里面有写道：每天潮来的时候，听见海浪冲击岩石的音响，看见空际细雨似的，朝雾似的，暮烟似的飞沫升落；有时它带着腥气，带着咸味，一直冲进我们的窗棂，黏在我们的身上，润湿着房中的一切。我被这段描述深深吸引，去远方看海成为当时最奢侈的一个愿望。就在那个夏天即将结束的时候，自己意外收获了 X 从大东海带回的一瓶细沙。转眼间十多年过去了，遗憾的是至今我也没有到过三亚，大东海是否真如传说中那般“水暖沙白滩平”亦无从知晓，但那瓶细沙却带来了远方大海的呼唤，湿湿的，咸咸的，使属于我记忆中的那个夏天变的无限绵长。

日本的地铁线相互交错，密密麻麻，极为复杂。同伴 Z 拿着纸质的地铁线路图去询问换乘路线，而我独自站在东京最为繁忙的地铁站里，看着一列列车从眼前飞驰而过，这真是一座容易让人迷失的城市。

等待间隙，忆起一部 2003 年左右的电影，片名叫《迷失东京》，讲述了两个美国人在东京的一段邂逅，陌生的城市，同样孤独迷茫的心境，偶然的相遇使他们的东京之行变得生动有趣。在此期间，已过中年的鲍勃重拾对生活的信心，他告诉年轻的夏洛特：你越了解自己，了解自己要什么，你就越不会被困扰。渐渐地，他开始学会在天黑以后，往热闹的地方躲，跟着别人努力快乐的过活，就在其开始迷恋上这座城市的时候，所有的工作结束，自己也必须要离开。电影的结尾，前往机场的途中，他看到了夏洛特熟悉的身影，于是不顾一切地跳下车，在人群中他们紧紧相拥，那一刻他多希望时间能够停止，而最终鲍勃却不得不向夏洛特挥手告别。电影的整个剧情都推进的十分缓慢，好像一直在诉说着什么，又好似什么都没说，很难形容当时看完电影的感受，只记得在某个瞬间，整个人空荡荡的，有种难以言说的痛楚感从心底蔓延开来。

地铁呼啸而过，一阵狂风将头发吹散。隐约中，似乎听到了 Z 的声音：我们去北海道吧！转过身，看到他在不远处举着车票向我招手。

为什么？是去北方看海吗？

不，是去一个很远的地方，看湖！

就这样，东京成为此次旅行中最为短暂的过场，我甚至都没来得及去看一看夜色中的东京塔，那种近在咫尺，却无法抵达的遗憾，注定要我将这个迷人且坚硬的城市始终挂在心上。

从东京到札幌，从札幌到知床斜里，一段相对漫长的旅途，需要不断地换乘。在新干线的车厢内，所有人好似瞬间丧失了说话的能力，显得异常安静。没有亲朋之间的聊天，没有小孩的哭闹，甚至连情侣间的耳语也没有。不知是不是习惯了国内列车上的喧嚣，突然置身于一片寂静的狭小空间，反而感到有些许不安，于是从包里取出耳机戴上，打开音乐列表，按下了播放按钮。

过了许久，列车上的服务员开始兜售食物，车厢内终于有了一些窸窣的声响。小巧的日本姑娘，有着精致的妆容，可爱的酒窝，头发微微卷起，穿着合身的深蓝色制服，胸前围一条白色带花边的围裙，推着小车朝这边走来，声音甜美，笑容亲切。给自己买了便当和饮料，顿时整个车厢都弥漫着一股食物的香味。坐在我对面的是一位中年妇女，记得她上车时手中提着一个用小碎花手帕包着的木质盒子，十分精美，我猜想那定是带给远方友人的礼物，而事实上我错了。在餐点的时候，她打开了那个木盒子，里面居然是寿司和点心，只见她小心翼翼地取出一片放入口中，慢慢地咀嚼着，享受着食物带给她的片刻满足和愉悦。连最为简单的速食便当都做的如此一丝不苟，真是令人惊讶。

一整天的舟车劳顿，快到站的时候，车厢里仅剩寥寥几人。记得以前，自己晕车的厉害，几乎出不了远门。大学里，有段时间为了上课，常常在凌晨四五点起床赶最早的班车，乐此不彼地往返于两个城市之间，坚持了一年多，却意外地使自己彻底摆脱了晕车的困扰。从那以后，我开始相信，如果生活中一直存在着未曾解决的问题，也许只是没找到一个合适的突破口，而

那仅仅是时间问题。

到达 JR 知床斜里站，这座有着近百年历史的小站，仅设有一个服务窗口，除此之外，只有自动售货机和门前供游客免费取阅的游览资料。透过玻璃门，我看到了一个和东京完全不一样的世界。没有高楼大厦，没有拥挤的人群，也没有绚烂的霓红，整条街道几乎没有行人，显得异常冷清，目及之处，只有几处低矮的房屋，车站旁边是酒店，对面有一个不算大的超市，仅此而已。

十月的北海道已是十分寒冷，裹紧棉衣，走出车站到对面的巴士站买了前往知床五湖的车票。就在来之前，我对其还是一无所知，只是 Z 的一个临时提议，列车上他开始给我科普，才知道这是世界自然遗产之一，知床五湖是五个湖泊的统称，到了春夏还常有棕熊出没。棕熊？难道 Z 是想去找棕熊，不过这个时候，它们应该已经冬眠了吧。

虽说只有两三个游客，大巴还是准点开动。十多分钟后，正当我昏昏欲睡时，却隐约听到了潮水的声音。车在拐弯后，视野中突然闯入了一片蔚蓝色的大海，潮水汹涌而至，一波，

又一波，层层叠叠向我扑面而来，它符合我童年想象中大海该有的一切模样，呈现出最为壮观的海浪，充满着足以震撼人心的力量，就这样，我被这场意外的相遇彻底征服，无话可说。

对大海的强烈向往，让我看清自己潜意识里一直追寻的其实是流动着的，充满激越与不确定的东西。比如，从小就一直想要走出去，比如，始终无法接受平淡的生活，那如死水般沉寂的日子，是对生命的另一种亵渎。所以，我宁愿选择颠沛流离，四处漂泊，虽然我知道自己将为此付出巨大的代价。

几年间，到过不同的地方，也看过许多不同的大海，但却从没有见过这壮观如梯田般的海潮，它不断拍打着岸边的岩石，躁动不安，发出巨大的声响。汽车沿着海岸线缓慢地前行，中途停靠了几个站点，Z 坐在靠窗的位置，一直睡的很沉。两个小时后，他如愿走进那片森林，虽然最终都没有找寻到棕熊的足迹，但整个过程，却好似一次奇妙的探险。走在其间，一边欣赏风景，一边还需保持高度的警觉，小心翼翼地缓慢前进，以提防棕熊突然的出没。终于明白 Z 为什么一定要来这里，或许有没有找到棕熊，湖泊美丽与否对他来说都不太重要，重要的是这样的一次体验，充满着未知与挑战，并且有人同行。

返回途中，因为时间过晚，已经没有直达车，必须在宇登吕温泉巴士站换乘。车站很小，仅有几个座位，一个售票窗口。年迈的看守老人，望了一眼挂在墙上的时钟，将窗口的帘子拉下锁上，拎着小包便回家了，顿时，整个车站就剩下我们两个陌生的过客。看了看时刻表，距最后一班车到达还有 20 分钟，我和 Z 说想独自出去走走，便带着相机出了车站。

HOKKAIDO
しれとこ

再一次，我走进那片海。此刻已是夕阳西下，车站对面民宿和居酒屋开始亮起暖黄的灯盏，大海也似乎恢复了平静，我站在海岸边，看着天边的红霞一点点褪去，海水温柔地拍打着岩石，偶尔有几只海鸥从眼前飞过，在海面上盘旋，不一会便消失了踪迹。据说再过几个月，等冬季真正来临的时候，海面上会有大片的浮冰出现，人们从四面八方聚集到这里，泡温泉，喝清酒，在推门便能看到海的民宿，欣赏这最为著名的景观。而此刻，这里没有游客，没有行人，广袤天地间只有我和你，便足已胜过一切。

该如何形容我对你的爱，无论是汹涌澎湃，还是静默涌动，只要屏住呼吸，便能感受到你内心最深处的灵魂，那不羁的，渴望冲破一切束缚的固执与倔强，是如此激越，如此真实。

脑海中突然响起一首英文歌的曲调，渐渐地那曲调越来越清晰：

我想嫁给一位灯塔看守人
一直伴他左右
我想嫁给一位灯塔看守人
生活在海边
……

如果可以，我愿嫁给这茫茫大海上的灯塔看守人，自由自在，始终与你相伴。而现实却不得不让我再一次转身离去，沿着狭长的海岸线，迎风而上。

在回程的大巴上，Z 好奇地问："你刚才去拍了什么？"

"大海，除了大海，还是大海。"

此刻，如果有人问我：北海道最美的风景在哪里？我一定会告诉他，是在前往知床五湖的路上。

这是一场最美丽的意外。

而我，终会怀念你——鄂霍次克海。

天堂的颜色

马来西亚 • 仙本那

假如真有天堂的话，它会是什么颜色？纯白，湖蓝，草绿亦或橙红？没去到仙本那之前，我从未想过类似的问题。直到历经艰辛最终抵达，才发现：在那里，每种颜色都会以最纯粹明艳的方式呈现在眼前。它是现实世界中的梦境之岛，也是我心目中的天堂。

【Semporna，梦境中的完美小镇】

深夜，赶上最后一班地铁，空荡摇晃的车厢向我呈现了这座城市最为真实的落寞与荒凉。已临近春节，所有人都在忙着回家。一时间，原本繁忙的街道和人来人往的写字楼变得格外冷清，就连平时拥挤不堪的地铁亦是空荡荡，不见人影。我拉着行李箱，前往机场。和所有人的目的地不同，这是一趟短暂的即兴之旅，为期五天四夜，只为了赶在春节前去看一眼心念已久的仙本那。

凌晨五点多，我坐在从吉隆坡前往斗湖的飞机上，没睡多久便被照在脸上的第一缕阳光所唤醒。乘务员开始在广播中提醒旅客，此时从机舱内向外望去，能看到十分壮观的日出景象。在经历了整晚的舟车劳顿后，面对令人完全睁不开眼的强烈光线，自己实在提不起任何兴趣，便将遮光板拉下，继续倒头睡去。

仙本那只是马来西亚的一座小渔村，如今却渐渐成为了世界级的潜水圣

地。我不会游泳，更没学过潜水，仅是看了网上的一张图片：在碧波万顷的海中央，有一艘木质的小船，上面坐着一个巴瑶族的小孩，皮肤黝黑，赤裸着上半身，眼神清澈，笑容灿烂。几秒钟后，像是被什么东西突然击中了胸膛，顿时一股酸楚涌上心头。这幅画面深深地刻在了我的脑海中，始终无法抹去，来这里看看这群可爱的“海上吉普赛人”成为了此次旅行的初衷。

抵达机场后，找了辆当地华人的车，在乡间小道上颠簸了一个多小时，终于见到了被海水包围着的城镇。据说，Semporna（仙本那）在巴瑶语和马来语中的字面意思是“完美的”。起初，自己觉得这多少有些夸大其词，毕竟任何东西都不存在绝对的完美，可随后的几天，我才发现，它除了拥有碧波万顷的美景，也拥有着令人动容的温情。无论是漫步夕阳下，还是走在喧闹的集市里，自己都会情不自禁地被它所吸引。

小镇不大，走到哪里都能看到颜色各异的建筑。橙红色的是百货市场，天蓝色的是酒吧，还有墨绿色的是杂货店。身穿传统服饰的少女优雅地从你面前经过，不论大人小孩都会热情地向你报以微笑，不需要任何理由，就是如此简单的一个笑容，便能融化内心一切的冰雪。

我入住的Dragon Inn（龙门客栈）靠近码头，是一排建在水面上的木质屋子。踩在由一根根木条拼成的地板上，时常能看到从缝隙中折射而来的一道道波光，忽明忽暗，恍如梦境。

日出而作，日落而息。

傍晚时分，夕阳映照下的清真寺传来阵阵祷告声。岸边马达声依旧，出海的快艇开始陆续返回。街道对面，一位军人正完成着降旗仪式，他手势标准，神情严肃，即便独自一人，也容不得自己有一丝马虎。

天色逐渐变暗，我走出酒店，站在岸边望着夜色中寂静的小镇。身边不时有当地的皮卡车经过，上面坐满了皮肤黝黑的小伙，他们热情地向我挥手："你好，chinese girl！"真是完美的中西合璧。

扑面全是你的气息，我想我会记得这个夜晚。

【Mabul，请把我留在最美的时光里】

我在小镇上的华人餐馆吃饭时，偶遇了一批前来考证的中国游客，都是二十几岁的青年，三言两语大家便熟络起来，开始聊起了自己的考证经历。有几个女孩已经来了将近一周，几乎每天出海，虽说涂了很厚的防晒霜，可脸上仍旧被晒的通红。

见我一直没说话，其中一个女孩问道："你来几天了，也是考潜水证的吗？"

"我不是来考证的，只觉得这景色很美，过来看看当地的人和事。"说完，我继续低下头来吃饭。沉寂了片刻后，一位带着孩子来浮潜的父亲突然开口："你应该去趟马布岛，那里绝不会令你失望。"

第二天清晨，我便迫不及待地找了艘快艇，前往马布岛。两个当地的小伙将船开的飞快，三十多分钟后，我眼前出现了一片如绿松石般的海水。原本波光粼粼的蓝色已经带给了我惊喜，这一抹翠绿更是美得令人难以置信。不远处的海面上散落着各式的高脚屋，以打渔为生的巴瑶人向欧洲游客兜售

着自己刚刚捕获的海鲜。

船停稳后，我走上一处平台。不知该如何前往海滩，只能向那两个开船的小伙求助，在说话的间隙，海面上划来一艘小木船，上面坐着两个小孩，赤裸着身体，此情此景与我之前看到的那幅图片一模一样。他们看上去很小，大约只有四五岁，生活穷困潦倒，见到游客便伸出手来乞讨。如今，在仙本那的海面上，还生活着很多像这样的巴瑶人，他们一生与大海相伴，靠潜海捕鱼为生，因此也被形象地称作“海上吉普赛人”。

此前，我从不知道有这样一个民族，他们没有身份，没有国籍，早些时候都以船为家，终身漂泊在大海上。现在，虽然政府给多数族人打桩盖起了房屋，让他们居住到了水上的村落，可如何生存依旧是个巨大的难题。掏出包里仅剩的糖果和零钱，扔给了他们。孩子捡起糖果盒看了半天，知道是吃的，开心地朝着我笑，露出两排雪白的牙齿。

临近中午，又热又渴，看到前面不远处有一间商铺，便钻了进去。岂料，几平方米的屋内竟然连一个小电扇都没有，如同蒸笼一般。墙角布满了蜘蛛网，灰尘满屋飞扬。地上躺着一只慵懒的小白猫，一动不动地闭着双眼。旁边的凳子上坐着一位年迈的老妇人。炎热，贫穷，疾病，脏乱的环境……她们要忍受的东西似乎比我想象中的还要多，可脸上却少有愁容。

在小伙的带领下，一路穿过岛上的居民区来到海滩边。海滩周围豪华的度假村里种满了草坪和各种植被，身穿泳衣的欧洲游客悠闲地躺在椅子上晒太阳。这番景象和当地居民的简陋木屋形成了鲜明的对比，原来，仅是几步之遥，竟有着天壤之别。

没有久留，等我再次回到居民区时，才发现岛上有那么多的孩子。他们光着脚，赤裸着上身，在沙地上开心地追逐着，奔跑着。整个中午，我都和这群可爱的孩子们在一起，将食物分给他们，满足他们对一切新鲜事物的好奇。

这应该是在炎热漫长的旅途中，我唯一想要留住的美好时光。

【Timba Timba，无与伦比的寂静与美丽】

快艇迎着晨曦驶向大海，两个多小时后，阳光愈发的强烈，我们也顺利抵达马达京岛。深潜的游客穿戴好各自的设备，被船带向另一片海域。海滩边，浮潜的孩子和父母在愉快地玩耍，只有我坐在木质的小亭子里，悠闲地吹着海风，听着歌曲。午餐过后，出海深潜的快艇返回，方向一转带我们驶向了另一片岛屿。

那是在自己到过的众多东南亚岛屿中，最令人惊艳的一个小岛，有个很特别的名字 Timba Timba，音译过来叫：叮芭叮芭。

我顶着烈日，沿着狭长的白色沙滩往前走，微风拂过平静澄澈的海面，四周空无一人，好似玻利维亚的天空之镜，又像是走到了世界的尽头。一时间，再也无法抑制心中的激动情绪，朝着海天一色的远方跑去，兴奋地像个孩子般手舞足蹈。

小岛上只有一户原住民，由于找不到任何商店，口渴的我只好向他们求助。孩子的母亲听不懂英文，靠看手势明白了我的用意。她起身让孩子从水桶里盛水，然后递给我。他们住在最为简陋的木屋内，

ORIGINAL

地上全是用来装水的白色塑料桶，可想而知，这些水对于他们来说是多么地宝贵。

临走前，我想和孩子拍张照。只见他缓慢地从沙地上站起身来，望向镜头的眼神充满了好奇与困惑。这才意识到，自己是一位突然的闯入者，打扰了他此刻玩耍的兴致。回国后，随着时间的流逝，脑海中关于那里的很多细节已变得模糊不清，但却一直记得孩子当时的眼神和那位慷慨的母亲。

长久以来，走出去看世界是我此生不变的信仰，而信仰的长度，有似梦的长度，不道听途说，不妄下定论，真正的信者，需要用眼睛去发现，用脚步去丈量。

Timba Timba，我爱你，无与伦比的寂静与美丽。

第四章 海島奇遇

在大自然面前，一切都是未知的，我蜷缩在床上，丝毫不敢动弹。那一刻，自己开始努力回想这二十几年的人生，还留有哪些遗憾？竟发现，很多想去的地方还没有去，许多该做的事还没来得及做。

一场意外的暴风雨

泰国·普吉岛

我常会做这样一个梦，梦见自己漂浮在一片碧蓝的海中央，慢慢地沉下去，沉下去，任凭潮水将我无情地吞噬，整个地，完全地，不留一丝余地。此前，我一直不明白，为什么这样的梦境总是反复出现，以至于每次醒来后，仍会心有余悸。后来逐渐明白：其实我们每个人都是海上的一座孤岛，随着潮水的起伏不断漂摇。最终，大多数人找到了彼岸，而我却迷失了方向，只能沉入它最为深处的灵魂。

假如你对一样东西太过迷恋，时间久了便会产生另一种情愫。就像我和大海，我爱着它的一切，可有时又对它有所畏惧，这种感觉像极了相识多年的恋人，虽深知对方的所有缺陷，仍无法做到全身而退。

再次来到熟悉的海岛，天空阴沉，感觉随时会下雨。坐上开往普吉镇的车，摇下车窗，眼前是一条在夜色中逐渐暗下来的小道，还未听到潮水的声音，却已感受到了它的存在。灯盏逐一被点亮，空气中夹杂着一丝咸味，它们黏附在发丝上，紧紧地将我缠绕。

身边的同伴竟没睡着，她问道：“普吉镇怎么样，有什么好地方推荐吗？”

满脸的期待与好奇。我开始在记忆里努力找寻它的模样，可任凭自己如何回想，唯一记得的只有在芭东海滩偶遇的那场暴风雨。那次，为了赶在天黑前到达，在镇上的老城区租了辆摩托车，谁料刚到海滩，大雨便倾盆而至，毫无预警，浇灭了我所有的幻想。浑身湿透，无处避雨，只能咬牙沿原路返回。中途用来导航的手机又因电量不足而自动关机，沿途问路回到旅馆，镜子中的自己早已狼狈不堪。这是我多年来第一次淋那么久的大雨，还是在异国他乡，差点找不到回去的路，着实令人难忘。当然，我没有把这件事告诉同伴，仅一笑而过。因为普吉镇不过是此行匆匆一瞥的中转站，而我们即将要前往的皇帝岛才是真正意义上的“世外桃源”。

清凉的早晨，没有太阳，天空中飘着厚重的云层，不时会下一阵小雨。按理说普吉的雨季已过，这样的天气多少显得有些反常，但同伴们似乎更关心皇帝岛白色的沙滩和碧绿色的海水。于是，我们在约定的时间坐上了前往岛屿的快艇。船员训练有素的将行李搬上船，然后挨个让我们进入船舱。船舱内部不大，大约有十几个游客，除了我们和几个日本女孩，其余均是老外。快艇在离开港口后越开越快，风浪有些大，一路都在颠簸。

半小时后，我们顺利登岛。

踩在细腻柔软的白色沙滩上，任海风肆意地吹过脸颊，眼前是一片澄澈碧绿的海水，同伴们开始欢呼雀跃，此前阴霾天气所带来的沉闷情绪顿时一扫而空。

这里是普吉最南部的天然小岛，除了偶尔有半日游的旅行团匆匆而过之外，岛上居住的游客并不多，清幽宁静的环境特别适合放松心情，舒缓情绪。由于住的地方离码头较远，酒店细心地派了工作人员来接。走在泥泞的小道上，四周绿荫蓊郁，一派典型的热带雨林风光。

为了能在此闲适地待上几日，我们定了岛上环境较好的度假村。除了眼前见到的一栋栋别墅外，还有西式的餐厅，巨大的泳池以及专属的海滩。一楼是庭院，客房在二楼。屋内十分宽敞，放置了木质的长椅，床厚而结实，洁白的床单上还精心摆放着当地的鲜花。我告诉同伴，刚在前台 Check in 的时候有收到一张提示单，上面说：皇帝岛是天然岛，会有蜥蜴等动物出现，天黑后最好不要擅自离开酒店。为了安全起见，大伙决定早些休息，等明天再前往海滩。

半夜里，我被一场暴雨所惊醒。隐约感到外面狂风呼啸，听到有东西从高空坠落到地上的声响。当时只觉是场梦，不久便在迷糊中再次睡去。早上起来，拉开玻璃门，发现度假村里一片寂静，只听到耳边呼呼的风声。路上散落着从树上掉落的果实以及被风吹倒的树干和枝桠，雨依旧在下，整个房子都在轻微地晃动着，所有人被困在了屋内。几小时后，雨势逐渐变小，我们趁此机会赶紧步行去餐厅吃饭。酒店的餐厅位于海滩边，饭刚吃了一半，雨竟然停了。大伙像是看到了一线希望，放下刀叉就往海边跑。当海浪将我们沮丧的情绪已渐渐抚平时，一件意想不到的事情发生了。

酒店的一位工作人员突然跑了过来，手上还拿着一份入住旅客的详细名单。在问清楚我们入住的房号后，她一脸严肃地说："因为今天风浪太大，回普吉镇的船和快艇都停了，什么时候有船具体还要看后面的天气。如果怕影响到你们的回程，最好马上收拾东西离岛，今天晚些时候有一艘船能过来带你们离开。"大伙听得稀里糊涂，才刚来一晚，还被暴雨困住了，现在天气刚好些，就让我们离开？

“是必须要走吗？如果不走呢？”我追问。

“也可以不走，你们自己拿主意，过了今天什么时候有船我们无法保证，另外留在岛上或许还有更大的风浪，安全我们也无法保障，你们商量一下吧，现在赶快去退房还来得及。”没等我们完全反应过来，她便转身走了。

同伴们相互望了望，谁都没吭声。我说：“大家赶快拿主意吧，要么走，要么留，我个人觉得应该听她的话，如果还有更大的风浪就不仅仅是耽误回程的问题了，安全得不到保障的话，留下来还有什么意义？”征得大家一致同意后，便迅速回到住处，收拾东西。

赶到码头时，我被眼前的景象惊呆了。几乎所有在岛上的游客都已经聚集在了一起，并井然有序地排起了长队。在队伍中，我看到了那天和我们一起登岛的几位日本女孩以及大批的欧洲游客。排在我前面的一对中国情侣讲着一口地道的上海话，年轻漂亮的女孩一直在电话这头催促着，直到几分钟后，她母亲气喘吁吁地跑来，抱怨时间太赶连泳衣都没来得及换。

天空中灰黑色的云层越来越厚，海浪翻滚，一波又一波。如此大的风浪，况且所有的船都停了，要如何一下子带这么多人一起离岛？正当我疑惑时，同伴们惊呼：“快看远处，那不是军舰吗？难道可以坐军舰？”我顺着他们指的方向望去，果然是一艘军舰，因无法靠近浅海，只能停在中央海域。后来，从当地工作人员口中得知，泰国政府怕此后会有更大的风浪，为了保证岛上游客的安全，所以动用了军舰接我们离岛。

所有游客分批由快艇送至军舰停靠的海域，等到我们几个上快艇的时候，天已经暗了下来。快艇开的不快，一直在风浪里摇晃，我几乎无法坐稳，严重的眩晕感导致浑身瘫软无力，最后被泰国海军硬生生地拉上了军舰。

停在不远处的军舰

甲板上早已坐满了人，在离我不远的地方，一位独自旅行的欧洲姑娘一脸茫然的望着远方。剩下的离岛游客也被陆续送了过来，士兵们不厌其烦地一件件接过行李，并在两旁搀扶着他们上船。我忽然想起了2004年的那场印度洋海啸，当时普吉岛受损严重，有几千人丧生，其中绝大多数是外国游客。这次泰国政府如此重视，应该是为了防微杜渐，怕悲剧再次重演。

原本以为上了军舰，晕船会好些，谁知眩晕伴着呕吐感一起袭来，同伴们也纷纷有了晕船的症状。不敢去底下的船舱，只能在甲板上找块空地坐着。军舰在风浪中缓慢前进，开了将近一个小时，仍望不到边际。此刻的我，像是坐在一条载沉载浮的小船上，在巨浪中不断地翻滚着。黑暗的大海，失去了以往温柔的姿态，咆哮着，嘶吼着，扑面而来，令人感到不安与畏惧。不敢多想，只能紧闭着双眼。恍惚中，感觉有人在拍我的肩膀，睁眼一看，是一位年轻的泰国士兵，他将浸满清凉油的棉团递给了我，我却已经无力对他说感谢。

不知过了多久，听见身边有人说船要靠岸了，便努力挣扎着爬了起来。离码头很近了，岸边站满了人，聚光灯闪烁，有军队的士兵，记者和当地媒体。游客们下船上岸的瞬间被媒体拍了下来，包括随机的采访。我们拉着行李箱穿过人群，才想起在匆忙中忘了预定酒店，这便意味着没有车会来码头接我们。天空再次飘起了小雨，晕船的症状仍在，码头离普吉镇有将近一个小时的车程，如何回去便成了眼下最大的难题。

“我们拦车吧，如果车主正好去镇上，就支付车费让他带我们一程，这是目前唯一可以尝试的办法。”我说。

“估计没人愿意吧，我们这么多人，还下着雨。”同伴们比较沮丧，对于我的提议并不抱希望。

“不试一下怎么知道？”说罢，一辆黑色的越野车朝我们这边驶来，

岛上游客被分批送上军舰

我立刻上前挥手，车从我面前经过时并没有停下，继续往前开了一小段，突然停住了。赶紧跑上前去，驾驶位上坐着当地的一位中年大叔，在得知我们是中国游客后，竟愿意免费载我们回镇上。

大伙激动万分，一起挤上了车。透过车窗我再次看到了熟悉的身影，还是那几个日本女孩，无助地站在马路边。可惜车上再也没有多余的座位，只能默默祈祷她们会如我们一样顺利地拦到车，回到目的地。

回程途中，大叔告诉我们，他有个很好的朋友就是中国人，在泰国待了五年多，现在回去了，是青岛人。说罢，他索性掏出了手机，拨通了那位朋友的电话。可能是很久都没有联系了，虽然说的是泰语，仍能感受到他那激动的心情。

聊了一会，大叔将手机递给了我们。电话那端传来中年男子浑厚的嗓音：

"你们好，我朋友刚刚和我说了你们的情况，因为他英语不算好，想让我问问你们还有什么需要帮助的地方？"

"谢谢，我们准备去镇上找个酒店落脚，现在他能带我们回镇上已是给予我们最大的帮助了。"将电话递回去，并再次表达了我们的谢意。谁料，大叔知道后执意要帮我们找酒店。已经过了晚上九点，很多地方都已客满，辗转找了几家后才算有了着落。临走前，他拿出自己的会员卡给我们办理了入住，房费出奇地便宜。为了表示感谢，我们留下了电话，并一再邀请他有空来中国作客。

回到住处，打开手机，看到新闻上说昨天有中国留学生在普吉被巨浪卷走。顿时，百感交集。从未曾想过，在短暂的一天里竟会有这般的奇遇。此刻，窗外霓虹闪烁，一切都恢复了平静，而我耳边仍回响着潮水汹涌澎湃的声音。

也许，那个关于大海的梦境还会反复出现，可这份不期而遇的温暖令我开始相信，相信人世间每一次相遇的微小瞬间都值得被回忆、被收藏。

南纬 8 度的海豚之舞

印度尼西亚 • 巴厘岛

真不愧是雨季的清晨，刚推开门就一阵凉风袭来，身穿短裙的我，不禁在风中打了个寒颤。虽说巴厘岛地处赤道，终年炎热，但在潮湿多雨的季节里，并不十分闷热，相反地，早晚还有些许的凉意。

来前我对这里“雨季”的概念预估不足，到了以后才知道因受太平洋气

流的影响，巴厘岛的雨季从十一月份开始一直持续到来年的三月，并在一至二月间达到降雨量的最高峰，每天都会下好几场雨，且雨量丰沛，是最不适合旅行的季节。

有好几天的时间，我住在乌布市场附近，一边感受着当地浓郁的文化艺术氛围，一边忍受着随时可能大雨倾盆的恶劣天气，所谓痛并快乐着的旅程大概便是如此吧。很多次，半夜醒来时，外面依旧在下着滂沱大雨。雨点急剧地敲打着窗户上的玻璃，浇灭了我所有美好的期待，一时心情无比惆怅。

回屋加了件薄衫，到外面的客厅坐下，年轻的旅店老板正在做早点，他热情地向我问好，见我满脸愁容，便关切地问："怎么了，一会儿准备去哪里？"

我苦笑道："不知道，还没想好。"其实心里已经开始后悔，不该为了一张廉价机票在如此不合时宜的季节里前来。

几分钟后，他将做好的圆饼递了一块给我："这是甜的，吃完你或许会开心些。"我接过来咬了一口，还真是特别甜。

"其实，你可以去罗威纳，天气好的话能看到海豚。"他给我建议。

"罗威纳？离这远吗？怎么去？"我问道。

"包车，拼车都可以，当天就能到了。"

"如果去了一直下雨岂不是白跑一趟？"一想到天气，我便泄气了。

"这很难讲哦，看你要不要去碰碰运气了。"

小伙笑着走开了，我坐在桌前，心情极其复杂。原本已经准备提前回程了，可经他那么一说，自己又十分向往，去还是不去呢？正犹豫不决时，低头看到了那张洒满了五颜六色糖粒的甜饼，突然意识到，旅行本不该是这样的，如果一直被天气所左右的话，一定收获不到任何惊喜。"管它呢，去吧！"

我当即做了决定，随后到街上找当地的代理买好了前往罗威纳的车票。

说来也怪，当晚我睡的相当安稳沉实，几乎是一觉到天亮。第二天早晨，刚刚过八点，一辆小型的面包车就到达了旅馆门口。退房时，小伙听说我决定去罗威纳，十分高兴地帮我把行李拿下楼，他跟我说："你自己要先做个阳光女孩，这样太阳才会愿意跟随你。"我吃惊地望着他："你说什么？"他又将刚才的话重复了一遍，此时我才知道，自己连日来因为下雨而低落的情绪早被他看在了眼里。乌布还真是个充满文艺气息的地方，就连小旅馆的老板说话都如此地富有诗意。

抵达罗威纳时已是下午，预定的家庭式旅馆环境相当好，进门便能看到一个长方形的泳池，屋内种满了各种热带的鲜花和植被，且离海滩步行仅需五分钟。我给当地的蜘蛛船主打电话，确定明天能否顺利出海，电话那头传来肯定的答复，自己兴奋地差点跳了起来。

凌晨五点多，天刚蒙蒙亮，船主便来酒店带我前往海滩。这也太早了吧，心里小声嘀咕着，根本不愿睁开眼。到了海滩后才惊奇地发现，已经有许多

当地特有的蜘蛛船

游客在等候了。岸边停满了蜘蛛船，这是巴厘岛特有的一种船，因外形酷似蜘蛛而得名。船头向上翘，船身两侧分别有两根木梁，木梁外侧还绑着与船体平行的大竹竿，活像一只张开腿的大蜘蛛。这样船在海面上行驶时，两侧的竹竿便能浮在水面上，使船体在大风大浪中也能够保持平衡。

推船出海的时候，天已经逐渐亮了起来。船舱内部很小，船主坐在船尾马达处，我坐在船中间，马达声响起，船往海中央驶去。经验老道的船主将速度开的飞快，不一会就把别的游客甩在了身后。此时，灰蓝色的海面上一片寂静，目及之处，除了我们的小船，只能看到远处岸上星星点点的灯盏。

到达一片海域后，船速慢了下来，我不禁屏住呼吸，一动不动地盯着周围的海面。可十几分钟过后，依旧没有一丝动静。这时候，别的船纷纷赶了上来，朝阳从东方开始升起。迎着金色的晨曦，游客们互相挥手问好，虽看不清对方的脸庞，却能真切感受到彼此之间传递的那份快乐。

大概七点左右，船主突然将船驶离了这片海域，快速地向前方驶去。不知道即将会发生什么，但在这近半个多小时的等待时间里，我早已向大海敞开了心扉，就算最终看不到海豚，也已不虚此行。

出现了，终于出现了。

不远处，一阵水声传来，海豚们正一群群地集体浮出海面，它们个头不大，三五成群，在水面上划出一道道优美的弧线。有时候，它们会突然出现在你的船尾，有时候，它们又与你的船几乎并排前行。

这是一场盛大的海上狂欢，它们欢腾着，跳跃着，充满活力地迎接着崭新的一天。这也是一场美丽的邂逅，人们从四面八方赶来，只为见证这美妙的时刻。

十几分钟后，太阳完全照亮了海面，波光粼粼的水面上随处可见它们追逐嬉戏的身影。从未想过，自己能有机会与大自然如此亲密地接触，这种感觉相当奇妙。船主笑着问我：“感觉如何？”事实上，我早已激动地说不出话。

这种体验，或许一生也就那么一次，如果注定不能再度拥有，唯一能做的就是让自己不要忘记。我想，我会用一辈子的时间来记住，这个位于南纬8度，名叫罗威纳的小镇。

小岛惊魂夜

印度尼西亚 • 蓝梦岛

《荒野生存》是一部画面和音乐都非常棒的电影，我很喜欢片子开头引用拜伦的那几句诗：无径之林，常有情趣 / 无人之岸，几多惊喜 / 岸畔崖间，鼓涛为乐 / 无人驻足，是为桃源 / 吾爱世人，自然甚之。影片中，主角克里斯多夫在大学毕业后放弃了自己本该拥有的美好前程，独自一人涉足荒野，到阿拉斯加的荒蛮之地体验生活。他走了很远，遇到过很多人，在这条注定孤独的道路上，克里斯多夫舍弃了所有的现代文明，没有钱，没有网络，没有电话，没有一切，有的只是一望无际的荒原，白雪皑皑的群山，他向往与自然无限地贴近，可最终却在四个月后埋尸荒野。

如果这只是一部电影，所有人都不会太在意结局，而它偏偏是由真实故事改编的，一时间，人们开始激烈地讨论，各种观点层出不穷。很多人说他狂妄自大，浅薄无知，对大自然本身的残酷性认识不足，更多的普通人则很难理解这种行为，觉得他可能精神上存在问题，才会放弃原本安逸的日子，做出如此的选择。当然，也有部分人为克里斯多夫辩护，认为他是英雄，做了自己一直想做而不敢做的一切。

我是足足花了几天才将这部电影看完的，虽说结尾处令人遗憾，但克里斯多夫的行为却由衷地令人敬佩。不是每个人都有一个浪迹天涯的梦想，也不是每个人都有义无反顾上路的勇气。有的人，一辈子都甘愿在方圆几公里之内生活，也有的人，从小喜欢动荡不安，胜过现世安稳。这一切，无所谓好，也无所谓不好，仅是一种选择。

一直以来，自己都是个比较谨慎的旅人，这注定我不可能和克里斯多夫一样，舍弃所有，独自上路。可事实上，无论生活，还是旅行，有时候是需要有那么一点冒险精神的。

蓝梦岛的一月是雨季，几乎没有人会在这个时候来海岛，更何况是一个鲜为人知的小岛。在经历了普吉那场风暴后，我依旧是好了伤疤忘了疼，乐此不彼地奔波在路上。

蓝梦岛的海边民宿

蓝梦岛，光听这个名字就足已俘获人心，何况岛上还有着最柔软幼白的沙滩以及如玻璃般澄澈透明的海水。

天气阴沉，没有提前预定旅馆，看到一处悬崖边的小屋，视野开阔，风景绝美，索性便住下了。是当地人自家的屋子，内部不大，设施简单，与奢华的度假酒店自然是无法相提并论，可我却独爱它的环境和位置。

老板告诉我，从旅馆走出去，不用十分钟就能到达日落海滩。虽说日落海滩今天肯定没有日落，但既然来了，就去走走吧。下午四点，海滩上一片寂静，我没看到传说中的“玻璃海”，只见层层海浪扑面而来，潮水不断地拍打着岸边的岩石。因为是淡季，全岛几乎没什么游客，海滩上也空无一人，像是走入了一处与世隔绝的孤岛一样。

天色渐晚，海水开始涨潮，海浪也越来越大，天气预报显示晚上会有大风和雷雨。我突然有一种不太好的预感，趁天黑前赶忙回到旅馆。

没有热水洗澡，冰冷的水带着一股咸味。勉强洗了把脸，让老板做了简单的晚饭。刚吃到一半，突然停电了，眼前一片漆黑。借着手机上微弱的电筒光，迅速地将盘里的食物吃完。

不一会儿，老板给我送来了几根蜡烛，我问她：“怎么停电了？”

她说：“全岛都停电了。”

“那会停多久？”

“不太清楚，你早点休息吧。”

将手中的蜡烛一一点燃，内心的恐惧感依旧有增无减。没过多久，远处隐约传来“隆隆”的响声，像是闷雷滚动。突然，一道闪电划破天际，接着“轰隆”一声巨响，吓得我整个人抱成了一团。

岂料，序幕才刚刚拉起。

不远处的浪潮声越来越近，好似千军万马浩浩荡荡飞奔而来。

顿时，山崩地裂。

置身一座孤岛，面对巨大的雷声和大海的咆哮声，哭喊没用，做什么都没用，自己从来没有如此无助过。

一道刺眼的闪电再次劈来，伴着震耳欲聋的声响，门外早已是大雨倾盆，大海不断掀起巨浪，顷刻间，便能吞噬一切。

在大自然面前，一切都是未知的，我蜷缩在床上，丝毫不敢动弹。那一刻，自己开始努力回想这二十几年的人生，还留有哪些遗憾？竟发现，很多想去的地方还没有去，许多该做的事还没来得及做。人往往都是后知后觉的，只有当死亡真正逼近的时候，才会开始反思，开始有所觉悟。

主人家养的狗也被这样的阵势吓到了，在门外狂吠不止。半小时过后，闪电和雷声依旧，大海怒吼着，不断拍打岸边的岩石，发出巨响。我在万念俱灰中睡去，早已将生死交付于自然。

第二天，当我睁眼醒来时，看到一切安然无恙，才知道昨晚是有惊无险的。外面雨仍在下，得知有船离岛，自己不顾风浪执意要走。

雨水模糊了视线，快艇在风浪中不断起伏，随时都有可能被浪打翻。我坐在船上，看着望不到边际的海岸线，只希望它能够顺利靠岸。你们肯定很难想象，对海岛如此痴迷的我，至今都不曾学会游泳。

“这么多人活得不快乐，却不主动改变这种情况，因为他们受到安全、服从、保守主义的生活制约。其实安全的未来最伤害人心中冒险的灵魂。人的灵魂中，最基本的核心是他对冒险的热忱。”这是《荒野生存》原著中的一段话，从蓝梦岛回来后，我对此却有了全新的认知与思考。

我们每个人都置身于这颗孤独的蓝色星球，它从未停止过转动，因此发生的一切显得合情合理，而生活却需要各种形式的实践，体验和冒险，对于未知的明天，当下的每一刻都暗藏着可抵达的边缘，只要我们敢于接受变化和结果。其实，我们完全可以奋不顾身地开始一段冒险的旅途，也可以像克里斯多夫一样走近自然，但前提是你必须准备好一切，尽可能地避免旅伤。

生活从来都不诗情画意，经历过孤岛惊魂夜后，我才明白，无论去到那里，走的多远，都得记得给自己留条回来的路。

第五章
旅行是一场修行

而在这个当下，所有人都置身于狭小的车厢内，脱离了各自不同的生活轨道，只是旅途中一名普通的朝圣者。或许，这短暂的一期一会，才是相遇的全部意义。

属于稻城的夜晚

中国 • 稻城

这一年将近年末的时候，我仍在旅行。一直在高原上夜以继日地赶路，空气中氧气越发地稀薄，时而会令人感到眩晕。从四川西部的理塘到位于西南边缘稻城，一百多公里的路程，中途因车轮陷入泥沼而停滞。大巴上的藏

民，皮肤被高原烈日晒的黝黑的汉子们一起下去推车，周边修路的当地人也赶来帮忙，短短十多分钟，故障便被排除了。

傍晚时分，看到远处有灯火闪耀，知道很快会到达目的地。一个人的旅途，使我渐渐习惯了沉默，沉默地对抗旅途中的一切，包括时光的流逝。冬天将至，整个稻城人迹罕至，只有很少的背包客会在这个季节前来徒步。我背着55公升的墨绿色大背囊，在县城转了两圈后，终于找到了小巷中名叫“卓玛人家”的青旅。这是一家很有藏族特色的旅馆，在办理入住的客厅里，炕上坐着两个老外，正上网打发着时间，另一处墙面上挂了一幅手绘地图，将整个四川省的版图都清楚地画了出来，密密麻麻的红点，黑色水笔标注的地名，它们一再提醒着我前路的艰辛。长久以来，我一直愿意去偏远的地方，

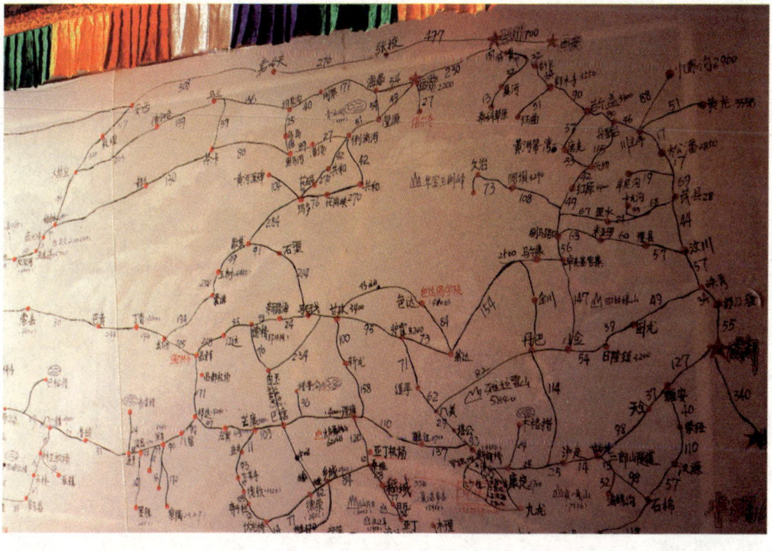

青旅墙上的手绘地图

长途跋涉，步履不停，很多人不明白这样暴走的意义。于我而言，在处于困顿的这个当下，只有逃离了大都市，真实地站到这片土地上，才能将所有的问题都暂时搁置，亦或忽略不提。

我到外面的小店，叫了碗热乎乎的面条。当地的气候十分干燥，嘴唇已开始干裂、出血，面条过于辛辣，吃到一半便不得不停筷。还好，对于食物我向来不挑剔，抿了抿被辣得通红的嘴唇，微笑着将零钱递给老板。年迈的老人虽不会说汉语，却一切都看在眼里，及时地给我递上了一杯热茶。

夜晚的县城，气温已在零度以下。我回到旅馆，脱下外套，打开电热毯，习惯性地将自己蜷缩成一团。手边的书还未来得及翻开，四周突然一片漆黑。黑暗中，我摸索着起身，打开手机电筒，借着微弱的光走出房门，来到门前的院子。在那里，我遇到了同样来独自旅行的Y。她告诉我县城电压不稳定，停电时有发生。借着光，我努力辨认着她的样子：轮廓清瘦，面容模糊，披一条深色的毯子，似与我年龄相仿。

“你也是一个人吗？”我问。

“是的，这是我来稻城的第二天。”说罢，她掏出一根烟，背着风点燃。

如此平常的寒暄方式，本以为对话会和往常一样迅速结束。在沉默许久后，她将手中的烟头熄灭，转过脸望向我：“你怎么会一个人来这里？”

此前，我甚少会与陌生人交谈，更不愿意彼此倾诉。不知为何，Y望向我的眼神，让我没有任何可以拒绝的理由。

“我的生活出了些问题，为此我感到困顿，不知道该如何抉择。你知道的，生活看似有着很多方式，但唯独不会按照你想要的方式进行，是不是一种无奈？”

“在还没有想到解决方法之前，不如先试着接受，当然这并不意味着妥协，恰恰相反，它能够使你放下所有情绪，更为理性地看待问题本身。”她走到我身边，与我并肩坐下。

“那你呢？为什么会独自旅行？”我试着转变话题，Y 说的没错，或许我还做不到更为理性的思考，因此只能选择暂时的逃避。

她望向天空，轻描淡写地说道：“我的生活也出现了一点问题，上个月刚刚结束一段不到两年的婚姻，不过我相信这只是暂时的，一切都会好的。”

我不知该如何安慰她，但她看起来似乎并不悲伤，甚至比我想象中更为坚强。她拍拍我的肩，指向远处：“已经很久没看到过这样的星空了，我所在的城市，很少有机会见到星星。”她的话使我想起有一次连夜赶往安徽的一处古村落。半夜两点，在停车场等客栈的老板前来带路。那晚，繁星点点的夜空，是我见过最为壮观的一次。而此刻，在高原上的一座小城，停电的夜晚，我与 Y 并肩再次看到了满天的繁星。

“明天和我一起去亚丁吧，司机我已经联系好了，当天来回，带上足够的水和食物就好。回去睡觉吧，我会叫你起床。”说完，她起身回房。

半夜里，异常的寒冷。因为停电的缘故，无法取暖，整个人瞬间失去了温度，我几乎彻夜未眠。第二天一早，我从背包里拿出不需要携带的衣物，装上食物和水，前去与 Y 会合。阳光下，我看清了她的样子：古铜色的肌肤，丹凤眼，脸型清瘦，由于长期熬夜黑眼圈严重，不化妆，头发凌乱地绑成一个发髻，与性格柔弱的我相比，骨子里带着一股坚韧的美。

她找来一辆小型的面包车，司机是当地藏民，每天往返于稻城和亚丁之间。路况很糟，沿途都在修路，车子在颠簸中走走停停，尘土飞扬，几乎看

不清前路。因睡眠不足，不一会儿我便在颠簸中睡去。不知睡了多久，等Y叫醒我的时候，已经到了亚丁村口。十多分钟后，我们顺利抵达景区入口，从那里搭乘电瓶车前往若绒牛场。

半路上Y问我：“一会我们要徒步几个小时，最高处海拔近5000米，你可以吗？”

“可以。”我果断地回答。

深秋的若绒牛场美的令人心醉。一片宽广平坦的草场沼泽，四周层林尽染，央迈勇和夏诺多吉两座雪山就在眼前，神圣且壮美。从牛场出发，一路穿过峡谷的灌木林，涉过溪流沼泽，沿着山路往上攀登。因时间有限，Y将此行的终点定为牛奶海。身边不时有牵着马的藏民经过，上面坐着悠闲的观光客，手拿相机不停地拍照。

在将近一个多小时的时间里，我们彼此之间再无交谈，只是沉默地前行。随着海拔的不断升高，一边走，一边须大口地喘气，喉咙开始感到刺痛，凛冽的寒风吹打在脸上，如刀割一般。看我有些疲惫，Y停下脚步：“我们休息一会儿再走吧，已经走了一半了，时间上来得及。”她将背包从肩上拿下来，找到一处较为光滑的石块，示意我过去。我将背包缓缓放下，取出矿泉水瓶猛灌了几口水。

“慢点喝，这可是在高海拔地区，你之前有来过高原吗？”Y疑惑地问道。

“没有，这是第一次。”我走过去坐到她身旁。

“那怎么会选择来这里？”说着，她将手中的面包分了一半递给我。

“有次看到电视上播放关于亚丁的宣传片，上面说这里是蓝色星球上最后一方净土，是尘世间的天堂，我信了。”

Y笑道：“我和你不一样，我只是需要一段长途跋涉，能让我真正静下心来，面对自己。现在遇到了你，这样也好，能与自己同行一段的人毕竟不多，要懂得珍惜。”

接着，Y告诉了我关于她的遭遇。无外乎是生活中最为常见的剧情，婚后不久她发现了丈夫的婚外情。但与别的女人不同，Y并没有争吵哭闹，也没有抱怨命运的不公，只是默默签了离婚协议，转身离开。她说，曾经为

深秋的若绒牛场

了爱情，将自己的姿态一再放低，直到退无可退才明白，这一段已经坏死的感情，任凭你怎样努力都已回不到最初，所以要学会放手。这时候，你往往举步维艰，就像现在我们脚下走的这段路，但无论是身体还是心灵，都必须坚持下去。有时候离开并不意味着妥协与失败，反而给了我更多的时间重新开始。

我问她：“那，你还相信爱情吗？”

她不假思索地回答：“相信啊，以前看过一本书，上面说爱情本身便是一场修行，一场浩瀚的修行。茫茫人海，只有经历无数次的摆渡，才可能在彼岸遇到那个对的人，我始终相信，有一天他会来接应我。因此，在最艰苦的时候，我仍心存希望。”

我望着眼前神情淡定的Y，想到此刻的自己。还未曾明白生活的真正意义，便已迷茫的不知去向；一直想知道爱情的本来面目，却只看到命运的哭墙。

随后的那段路，我紧跟在她身后，甚少用相机拍照。山路越来越陡峭，有几处必须手脚并用往上攀爬，Y先上去，然后伸手拉我。下午三点，我们

已接近终点，返回的游客告诉我们，往前再走 20 分钟便是牛奶海，但这个季节，湖面已全部结冰，景色很一般，甚至有不少徒步者劝我们不要前行了，早点返回。我望了 Y 一眼：“我们还去吗？”她说：“当然，一定要有始有终。”

当我们到达牛奶海的时候，四周已没有任何游客，湖面上结了一层冰，一片荒凉的景象，和七八月份的旺季形成鲜明的对比。我举起相机，叫 Y 过来一起拍照，她什么也没说，只是微笑着摇头。就这样，即便是在海拔 4800 米的高原，置身于群山环绕之间，Y 也没有留下任何照片，包括与我的合影。

停留片刻后，我们开始沿原路返回，时间紧迫，必须赶在天黑前走出景区。两个多小时后，气温开始骤降，夜色降临。考虑到夜路不好走，Y 临时决定当晚留宿亚丁村。我们找到一户年轻夫妇的家借宿一晚。藏族姑娘腼腆热情，看到我冻的通红的鼻子和脸颊，马上生火给我们烧了一壶酥油茶。

夜里，我俩睡在一张简陋的木板床上，房间里散发出一股陈旧的气息，墙面斑驳，似已年久失修。借着昏暗的灯光，我看到Y的侧脸，皮肤闪烁着光泽，眼角有褐色的斑点和细小的皱纹。我轻声问道："下一站，你准备去哪儿？"

"不知道，走到哪里便是哪里，目的地本身不重要。"那时，我并不知道这将成为我们之间最后的对话。

第二天，当我醒来的时候，已临近中午。房间里不见Y的身影，她的背包已经不在，地上有零散的烟头。床头破旧的柜子上，有她留下的应急药，矿泉水瓶底下压着一张字条：

请原谅我的不告而别。回稻城的车我已经帮你联系好，醒来后记得打下面这个电话。另外，我留了些应急药给你，带着以便不时之需。愿一切安好，我会记得你。

就这样，她消失了。

直到几个月后的农历新年，我才在微博上再次看到她。照片中，她独自坐在巴肯山，等待着一场日落。天边红霞满天，她穿着深红色的长裙，置身于一群游客中间，脸上露出了久违的笑容。

爱是一场修行，一场浩瀚的修行，只是每个人的修行之路不同。不管你曾遭遇过什么，记得和Y一样，始终满怀希望的向前走，那么，无论多么崎岖的路途，最终都会走向幸福。

听一曲梵音，待一世轮回

中国 • 色达

二十六岁的时候，我曾有过一次长途旅行。从南京坐火车到成都，然后一路经过雅安、康定、雅江、理塘、稻城、中甸、丽江，最后抵达大理。整个旅程跨越三省，历时近一个月。一直以来，国道 318 川藏南线都被誉为中国最美的景观大道，每个向往自由的不羁灵魂都为此着迷，我也不例外。那次从亚丁返回稻城，正准备继续前行，遇到当地的藏民，他说 11 月份的天气已十分寒冷，并不是出行的最好季节，在其劝说下，我从稻城转道前往中甸。那一刻，计划的旅程被迫提前结束，虽然离西藏看似仅剩下几步之遥。

回首来路，那些在秋天抵达过的地方，始终隐藏在内心深处的包裹里。今年四月，终于有幸再次去到那里，只是这一次，依旧不是西藏。一条似曾相识，但却截然不同的旅途，起点仍是成都，一如三年前。用红笔在地图上画出此行的路线，全程七百多公里，终点是四川甘孜州色达县。

抵达成都，顺利入住酒店。不一会我便收到了导游的短信通知，告知次日集合的时间，地点，以及若干注意事项。这几年，我甚少跟团出行，唯独此次是个例外。考虑到时间，气候以及周边路况，在临行前的最后一刻，我拨通了旅行社的电话。一次注定短暂且艰辛的旅途，前后仅有一周时间，并且大部分时间都将耗费在路上。随身携带了一个旅行箱，里面除了洗漱用品，充电器，相机电池以外，还带了足够的保暖衣物，帽子，眼镜，防晒霜，保湿霜，唇膏以及口罩。

第二天一早，到酒店前台退房，小姑娘睡眼惺忪地问道："你是去九寨沟旅游的吧？"我微笑着回应："不是，是去色达。"她一脸疑惑地望向我，显然对于色达，她并不知晓。

已经很久没有坐过大巴车，上一次还是在柬埔寨，从金边到暹粒，颠簸了近十个小时，直至深夜。上车的时候，人已到了大半，我找到后面靠窗的位置坐下，将食物和水拿出一些。导游是位年轻的姑娘，开始挨个点名。车上多数是当地旅客，只有坐在我身后的那位中年大叔来自日本，在语言不通的情况下，他为什么会来这里？为什么会去色达？我内心充满了疑问。

汽车在高速上行驶，不久后，因睡眠不足，人们开始昏昏欲睡。我将耳机戴上，打开下载好的音乐，随机按下播放键。HAYA 的歌声缓缓传来，呢喃声将我的思绪带回了三年前。那个秋天，也是从这里出发，我沿着地图上的路线，一个地点一个地点地走下去，在不同的汽车站到达，然后出发，将318 川藏南线走了一半，最终迫于天气原因终止旅途。而这次，我的旅途短暂，目的地明确。

有些地方，你期盼已久，却始终无法抵达；而有些地方，只需要一个决定，便可以随时出发。当我得知色达有着世界上最大的五明佛学院，并生活了近三万喇嘛、觉姆以及修行者的时候；当我看到照片中数以万计的红色小木屋布满整座山坡的时候，它让我真切的感受并相信有另一种信仰的存在。

这是一次心灵的朝圣，洗净内心的铅华，或许才能放下所有执念，用一颗平常心去看待并接纳周遭的一切。

大巴沿着 317 北线经汶川、理县、马尔康驶向今晚的落脚地观音镇。这一路，路况相对较好，没有颠簸。终于，我们赶在天黑前抵达了海拔 3685 米的纳勒山，去探访古老的观音庙。

脱鞋，赤足进入庙堂，僧众们正在念诵经文，四周墙壁上绘满了五彩的壁画，有观音，有神兽，有玉鸟充满着奇幻色彩。我被这些壁画所吸引，目不转睛地沿着墙壁仔细观赏，辨认。看的太入神，差点撞倒一旁的烛台，声音惊动了坐在附近几个年幼的小喇嘛，他们低头捂着嘴偷笑，一脸天真无邪的样子。

晚上，在吃饭的间隙，团里唯一会说简单日语的广西姑娘和大叔聊天。只见他从随身携带的小包里掏出自己的护照，一页一页的翻看，上面大多都

是往来中国的签证和记录。迫于语言的障碍，无法问他更为深刻的问题，比如：这一路上内心的感受如何？去色达对你而言意义何在？我只能打开手机的百度翻译官，试着告诉他自己去过日本，并且还会再去。大叔有些激动，立刻从口袋中掏出纸和笔，一边画地图，一边认真写下“姬路城”三个汉字，他说这是一处世界级遗产，是他的家乡，在靠近神户的地方。

一位年过半百的老人，独自往来中国多次，去过许多人迹罕至的地方。他从未被年龄所羁绊，心仍一直走在路上，要么不去探究，要么势必得看个究竟，我由衷敬佩这样的行者。

第二天，从观音镇出发，按照原计划将经由翁达前往色达。路况变得越来越糟，持续性的颠簸使我陷入了断断续续的梦境。恍惚中，我走进了外曾祖母的老屋，并跟随着梦境再一次回到小时候。老屋门前有两棵高大的柿子树，旁边种满了栀子花树，中间是一口水井。外曾祖母和往常一样穿着天蓝色的棉布盘扣衫，在厨房内忙碌着。初夏时节，墙角的凤仙花绽放，五颜六色，异常美丽。我小心翼翼地采下花瓣，央求外曾祖母用明矾将其捣碎，把花瓣均匀地放到指甲上，用叶片包好，然后取出棉线绑紧。兴奋地一夜未睡，第二天清早，我迫不及待地揭开叶片，看到指甲的颜色变成了鲜艳的橙红色。伸出手指，在阳光照耀下，那颜色真是好看。看我笑了，外曾祖母也跟着淡淡的笑了。

到了壤塘，短暂地歇息。

导游告知，因交通管制，临时改变了路线，将走一条刚修好不久的新路，路况不错，只是我们要翻过一座海拔 4500 米的山，她担心团里会有人出现高原反应，一再提醒大家不要再度入睡，必须保持清醒。汽车在山路上盘旋，沿着道路的边缘前行，四周群山环绕，底下是湍急的河水，还没开始翻山，天空中突然飘起了雪。所有人都开始担忧，这样的天气，原本到达色达的时间将很有可能被推后。

已经很长时间没有进食，口中干涩无味，我拧开矿泉水瓶，缓缓地喝下几口水。环顾四周，大多数人仍在半梦半醒间徘徊，这其中有夫妻，有刚毕业的学生，也有上班族。而在这个当下，所有人都置身于狭小的车厢内，脱离了各自不同的生活轨道，只是旅途中一名普通的朝圣者。或许，这短暂的一期一会，才是相遇的全部意义。

我拿出手机，打开 Altimeter。上面显示的海拔高度一直在不断攀升。汽车开始翻山，透过玻璃窗向外望，四周是一片白茫茫的世界，远方则是白雪皑皑的群山，连绵不断，雄伟壮观至极。这是一方我从未到达过的天地，好似一条能够超脱轮回的道路。站在海拔 4517 米的德勒山口，回望来路，我开始意识到内心想要寻找的答案，正离自己越来越近。

抵达色达县城已是傍晚，雪仍在下。团里的小部分人开始出现不同程度的高原反应，在来这之前，我带足了所有必需品，却唯独没带任何药品。还好，团里有在医院上班的护士，将红景天、葡萄糖以及感冒药都备的十分充足。入住当地藏民开的旅馆，安顿好一切，准备出发去坛城看夜景。虽说今晚下雪，雾气浓重，但千里迢迢为它而来，遗憾是万万不能有的。找了当地藏民的一辆小型面包车，和几个姑娘一起在这个飘着雪的夜晚，向着心中的圣地出发。

四十分钟后，夜色中出现了暖黄色的灯光。放眼望去，对面的山坡上，无数彩色的灯盏如同满天的繁星，如梦似幻。一路上到坛城，雪越下越大，地面湿漉漉的，仍有少数修行者围绕着坛城一圈又一圈地转动着经筒。罗萨就是其中的一位修行者，简短的交谈中我得知他到佛学院修行已有五年，此后也将一直在此修行。我问他：“日复一日的修行，生活是否会感到乏味？”他说：“不会，这样的生活，每一天都感到充足和快乐。”我们互相留了联系方式，停留片刻后便沿原路返回住处。

早晨七点，大巴准时出现在旅馆楼下，外面雪停了，一片银装素裹。汽车缓缓地驶向五明佛学院。在一处拐弯后，不计其数的红色小木屋突然闯入我的视野，它们密密麻麻布满了四面的山坡，延绵无数，一眼望不到尽头。所有人都被眼前的景象所震撼，或许这里才是尘世间最后一方净土。在这个海拔 4200 米的高原上，每一间几平方米的红色小木屋内都住着一位修行者，都有着一段属于自己的传奇故事。有的人从小便在此修行，还有的则是来自

世界各地的信徒，他们揣着信仰而来，在此修行佛法，甘愿就这样度过一生。身边不时有披着红色僧袍的喇嘛和觉姆走过，亦是脚步匆匆。

清早的坛城，不论男女老少都在虔诚的地转动着经筒，一圈，又一圈，循环往复。突然，一位老妇人引起了我的注意，她戴着一顶红色僧帽，穿着红色僧袍和一双红色棉鞋，一边走一边用右手转动着经筒，左手则不停地拨动着手中的珠串。她仅是万千僧众中的一员，可我却迷恋她脸上专注的神情，包括那一道道深深浅浅的皱纹，像是墙上斑驳的印迹。她的面容再一次让我想起外曾祖母。

多年前的一个夏日，临近中午放学时分，我坐在教室里听课，却隐约感觉到门口的走廊上站着一位熟悉的身影。回头望去，外曾祖母正用专注的神

情望着我。她依旧穿着那件蓝色盘扣衫，手里提着一个用藤条编织的箩筐，里面是刚采摘下来的栀子花。我赶忙跑出教室：“您怎么来了？”“老屋门前的栀子花开了，我采了些给你送来。”她脸上露出慈祥的微笑。那时她已年近八十，独自走了近十里路，仅是为了来看我一眼，并给我送来一篮栀子花。篮筐中的花朵，花瓣洁白，叶子青翠，散发出浓郁的芳香。孩子们放学回家，在周围嬉戏打闹，人声鼎沸，喧嚣声不断。我们一起下楼，并肩走到学校附近的十字路口，然后告别，彼此之间始终无言。那时候，年幼的我可能无法理解这其中所包含的浓烈情感，而现在，这段长存在生命里的记忆，却容不得我随意的删减，哪怕只是一棵小小的栀子花树。

广场上，修行者们仍在虔诚地跪拜。他们一次次地起身，再一次次地将整个身体完全俯向大地，这个仪式好似永无止尽。我坐在一旁，看着这持续磕长头的过程，竟感动的落下泪来。终于意识到这个过程所带来的意义，抛开尘世间一切的牵绊，心才能真正地回归安定，而他们获得的支撑，是那永恒不变的信仰，其来自世间之外，不在人世之中。

从坛城爬到海拔近 5000 米的山顶，山上积雪还未融化，踩在上面会发出咯吱咯吱的声响。一路上，我从未如此清晰地听见过自己的喘息声包括心跳。当整个色达的全景出现在眼前时，天空放晴了，佛学院数以万计的房屋在阳光的照耀下，发出万丈光芒。这是凡人眼中无法理解的一个世界，却是无数修行者们心中的天堂。此前，我带着许多疑问来到这里，希望遇到一位仁波切④，总觉得只有问到无可再问，心中的执念才能够被消除。而此刻，我站在佛光闪闪的高原，看着那些日复一日修行的人们，终于明白，所有的疑问，都须由自己去实践，去解答，最终每个人都会是自己的仁波切。

离开佛学院前，去看了一场天葬。无数人带着猎奇的心态来到这里，但对于我而言，如此庄重的仪式，一次便已足够。生与死一直是人类永恒的一

④ 仁波切：广大藏族信教群众对活佛敬赠的最亲切、最为推崇的一种尊称。

个命题，按照佛教的说法，人在死后会经历轮回，只有消除了今生的业障才能获得往生。高原的气候，始终阴晴不定，刚才还是万里晴空，不一会便刮起了风，下起了冰雹。仪式还未正式开始，满山遍野的秃鹫却已经蓄势待发，它们在低空中盘旋，在山坡上站成几列，眼睛一直盯着天葬台的方向。当天葬师将赤身裸体的肉体切割完毕，它们便成群而上，开始觅食。死者的家属在近处观看着整个过程，期间没有悲伤，也没有眼泪。因为他们相信，人的肉体虽已不在，但灵魂不灭，轮回往复。没有任何华丽的仪式和装饰，如此原始的方式，才是灵魂深处最干净的归属。

在外曾祖母去世后，我曾一度害怕面对亲人的离世。这种死亡所带来的恐惧，让我置身于无边的痛苦之中，无法自拔。长大后，逐渐明白这是每个人必经的一条道路，始终无法跨越。如今，看着不远处天葬的整个过程，我愿意相信这个世间真的会有轮回，业缘流转，死亡或许仅意味着肉身的终结，但同时也将是一个新的开端。这一刻，我终于放下了一切，不会再勉强自己，并试着用另一种心境去怀念她，去看待生死。原来，一个人会因为看到自己爱的人去世，而感受到她的重生，并因此有所蜕变。

坐上回程的大巴，突然收到罗萨师父的短信，得知我已经离开，他回复："愿一切安好，五明佛学院，有空请再来！"和来时一样，汽车在山路上不断盘旋，翻越重重山岭，一条看似永无止境的路途，而我却已豁然开朗，内心所有疑问和执念均被清空，只觉得身心轻盈。HAYA 的歌声再次传来：那山多延绵 / 那水清澈又甘甜 / 那是阳光啊 / 普照的地方……

恍惚中，我再次看到了外曾祖母熟悉的面容，她站在老屋门前，对我微笑，一如当初。

低头内观，抬头仰光

缅甸 • 仰光

十一月的仰光，如同一张曝光过度的相片，烈日直射下来，令人无法睁眼。

站在机场外的我，只能眯起眼睛，好奇地望着身边穿筒裙走来走去的缅甸男子。天气异常闷热，空气里夹杂着粉尘和槟榔的气味。有那么几秒钟，脑海里一片空白，直到一辆破旧的二手车停在面前，司机摇下车窗，询问我要去哪时，自己才缓缓地回过神来。

车很快驶出了机场，望着窗外那荒凉的一幕，竟一时词穷，不知该如何形容我眼前看到的一切。这真的是缅甸最大的城市吗？尘土漫天飞扬，路面凹凸不平，房屋低矮破旧，俨然一派七八十年代中国大农村的景象。车内的冷气是坏的，好似一间高温桑拿房，顿时，我的心情就和这座城市一样，变得暗淡无光。

司机始终在专注地开车，一路沉默无语。我想，要是换做别的东南亚国家，你还未来得及开口，就会被各种热情包围，打招呼，问候，应接不暇。而此刻，当自己的心情和周遭的气氛都急需打破僵局时，这位内敛的缅甸男子就是迟迟不愿开口。二十分钟后，车拐了个弯，马路变的相对宽阔起来，看到巴士车站就在前方不远处，我赶忙付钱，跳下车。

去柜台办理完手续，顺利拿到了车票。抬头看了看时间，才下午三点多，而巴士的发车时间是晚上八点，于是我寄存了行李，走出车站。虽不能确定自己的具体方位，但这肯定是仰光比较偏僻的一处地方。四周停满了不同公司的巴士，绝大多数都是来自日本的二手车，仅有那么一两家的车辆是新的，这其中就包括我选择的 JJ Express。

车站一带被小商贩们包围着，售卖各种水果和小食，十分热闹。看到一个女孩的摊位前围了不少人，我也好奇地上前张望。只见她熟练地将几片绿色的叶子依次摊开，先在上面刷一层类似石灰水一样的白色液体，然后放上几粒深色的食物，撒上各种佐料，用叶片包好，装进袋子，再用牙签将袋口封住，递给在一旁等候的男子。看完整个制作过程，我试着询问主人，可女孩并不会英语，只是腼腆地笑着又做了同样的一包给我，正准备掏钱，她却

连忙摆手，示意我拿走便可，不用给钱。在确定可食用后，我取出一个塞进嘴里，一股奇怪的味道瞬间充斥着整个口腔，实在难以下咽，剩下的只能赠与他人，真是辜负了女孩的一片心意。

外面的大马路旁一群当地人正在玩耍。他们在空地上简单地支了个球网，找来一个用藤条编织而成的空心球，设施极其简陋，可围观群众倒不少。不一会儿，几个男子便围成一团，比较讲究的队员会穿短裤和球鞋，还有些则干脆将筒裙往上一撩，拴在腰间，赤足上阵。比赛中他们的手和胳膊均不能碰球，只能用头顶球，用脚控球，要使球在空中尽可能停留比较长的时间。站在一旁看热闹的大叔告诉我，在缅甸，这项运动被称为“ching loong”。

不知不觉中，夕阳开始渐渐落下，马路对面一处金色的佛塔亮起了暖黄色的灯光。再次回到车站时，里面早已坐满了人，离发车时间尚有一会，刚准备找个位置坐下休息，迎面便走来了一位欧洲妇女，大约五十多岁，戴副

眼镜，有些微胖，背着一个深色的大包，神情紧张地向我询问巴士的发车时间和班次。我说，不着急，车还没来。她这才长嘘了口气，微笑着将身后的大包放下，开始和我闲聊了起来。

她说："我刚结束十日的内观，准备去蒲甘看一眼佛塔，原以为自己记错了时间，错过了班车，幸好是赶上了。"

显然，对于不是佛教徒的我来说，"内观"是一个从未听说过的新词。见我一脸茫然，她开始向我详细讲诉自己这十天来的点点滴滴。她说："我去到了一处僻静的禅修小院，将随身携带的书籍，手机，电脑，护照等通通上交，彻底脱离了与外界的联系。接下来的十天是被禁语的，学员之间的手势和肢体交流也被禁止。"说到这她笑道，"那时候我真的有些后悔去了，感觉比哑巴还惨，要知道我平时可是一个话唠。我们早上大约四点半起床，晚上九点多熄灯，吃简单的食物，每天至少有十几个小时在打坐修行。"听到这里，我明白了，这与我们国内一些寺庙定期举办的禅修体验类似，之前我有看到过相关的报道，只是没想到缅甸的内观更为彻底。这是透过观察自身来净化身心的一个过程，而我们这些长期生活在大都市的人，能真正静下心来面对自己的又有几个?

"你觉得现在的自己和十天前有哪些明显的改变？"我好奇地追问。

"怎么说呢，开始我觉得光不说话这条我就做不到，可事实上我坚持下来了，这十天里，我脑海中浮现过很多的人和事，原本觉得自己很压抑，有很多东西放不下，现在则一身轻松，再也没有执念了。"

"祝贺你！可惜我在缅甸待的时间有限，满打满算都没有十天。"

见我面露一丝遗憾，她胸有成竹地说："别难过，我保证，你一定会再来的！"

我会喜欢上这里，并且再次回来？对于初到仰光的我来说，缅甸仍是个十分陌生的存在，她这样的定论是否下的过早了？

一周后，我从曼德勒乘坐夜间巴士返回仰光，准备回国。

路况依旧十分糟糕，大巴在凹凸不平的路面上行驶着，每隔一段时间就会有一次大的颠簸，始终难以入睡。夜渐渐深了，周围的当地人都已鼾声四起。不知怎地，我忽然开始怀念刚到仰光的那天，那个令人睁不开眼的午后，那位沉默寡言的司机，那个赠与我食物的女孩以及那场看似格外热闹的比赛。后来我才知道，缅甸男子们穿的筒裙叫“罗衣”，当天女孩送给我的食物就是他们平日里最爱嚼的槟榔，而“ching loong”则是一项古老的藤球运动。

没多久，大巴车停在了休息站。车上的当地人陆续睁开惺忪的睡眼，伸个懒腰准备下车，我也跟着下去透透气。凌晨的休息站仍是灯火通明，人声鼎沸，好似一个热闹的大集市。几家餐厅连在一起，颇具规模，里面挤满了当地人和少数游客，外面的路边还有很多卖水果的小商贩。因为吃不惯当地

的饭菜，我给自己点了一份米粉做的饼，并以很快的速度吃完，再看看周围的缅甸人，却个个有说有笑的，不紧不慢地咀嚼着口中的食物。吃完正准备上车，一位缅甸小伙追了上来。原来是我刚不小心将零钱包落在了餐桌上，他收拾桌子时发现了，便赶来送给我。我感激地向他道谢，小伙竟微微一笑，害羞地跑开了。

缅甸人平和，善良，这多半与他们全民信奉佛教有关。这么多天来，无论走到哪，我都能看到金光闪闪的佛塔以及在庙堂前虔诚祈祷的人们。当车再次驶入无尽的黑夜时，突然很想在离开前去看一眼大金塔。找到车上年轻的女服务员，告诉她我要去“Shwedagon Pagoda”她点了点头，并试图告诉我到达的方式，可她的英文发音带有浓重的当地口音，询问几次都没能听明白。这时，坐在我身后的一位当地大叔站了起来，在确定我要去仰光大金塔后，他告诉我需要换乘，并叫我不用担心，一会跟着他走便是。

车到站时，天已微亮。大叔领我下车，带我坐上了当地的一辆公共汽车。他说：“车票已经帮你买过了，一会我要先下车，但我会告诉司机你去大金塔，所以，放心吧。”这次倒换我变得不好意思起来，直到他下车，那句“谢谢”也没能说出口。车上就只有我是游客，其余都是当地人，但他们并没有向我投来惊奇或者异样的目光，所有人都很安静。当我坐在摇晃的车厢里，快要昏昏欲睡之时，突然一道金光从眼前一闪而过，我忙走到前面询问是不是大金塔到了，司机一愣，显然他没能听懂，我只得再次大声地重复着“Shwedagon Pagoda”……几秒钟后，包括司机在内的所有乘客一齐望向我，每个人都面露微笑地使劲点头。司机赶忙停车，帮我将行李卸下来，手指着大金塔的方向，示意我往回走。

大金塔里衣着亮丽的小女孩

刚走到巷口，不远处的大金塔便已映入眼帘，它高耸于半空之中，通体散发着金灿灿的光芒，是如此神圣，不可亵渎，即便是这样的清晨，里面仍坐满了人。女孩们手捧大把的鲜花，将其供奉于佛堂之上，年长的老者们则闭着双眼，默默在一旁祷告。我注意到台阶上坐着的一个小女孩，她身上穿着颜色亮丽的当地服饰，抹着厚厚的口红，眉毛画的一丝不苟，脸颊上还涂了大片的腮红，正嘴巴微张，表情木讷地望着在轻声诵经的母亲。事实上，当地的孩子并没有什么可以嬉戏的场所，于是寺庙成了他们仅有的躲避烈日和纳凉的地方。

这些天里，我看过无数的佛塔，见过无数的信众，直到此刻站在大金塔下才有所领悟。旅行即修行，这里是能够让每个人静下心来面对自己的一方净土，而我在缅甸的整个旅途又何尝不是一次内观的过程，在长途的行进中，尝试着放下一切，不断地关照自己的内心与其对话。

离开前，我站在巷口，再次转身回望。

广场上还是人来人往，身穿红色袈裟的僧人正在认真地修葺一面白墙，日出已过，阳光照射下来，依旧令人睁不开眼。我眯起眼睛，仰头凝望着不远处沐浴在日光中的佛塔，突然泪湿了眼眶。

第六章
灵魂归处

无论在哪里，经历着什么，我都会时刻提醒自己尽量放慢脚步，放慢思绪，生怕一不小心就把灵魂给弄丢了。

错过一朵花开的时间

日本 • 埼玉

几年前，一次偶然的机会，在南京中山门城楼上看到过一株大红色的花朵，鲜艳欲滴，在微风中轻轻摇摆着脑袋，目无旁人，姿态高傲，极其魅惑。回来后翻遍资料，终于得知它的名字：彼岸花。自那以后，每逢秋季，总会在这座城市不经意的转角处与其相遇，遗憾的是只有几株或一小片，始终难成规模。于是，我不止一次地想去往大自然的深处寻找它的踪迹，据说它花开时看不到叶子，有叶子时看不到花，花叶两相错，生死相惜。究竟是怎样鬼魅的花朵，竟会这般地决绝，不留一丝余地。

此后，不知不觉间，时间冲淡了一切，对它的印象也开始变得模糊。那一年，我在南京，辞去了杂志社的工作，平日里在家会私下接一些零散的活，以维持生计。很长一段时间，我将自己封闭在一个仅十几平米的狭小空间里，与人世隔绝，开始写作。一个人长期与电脑，书籍和音乐为伴，已经丧失了和人正常交往的能力，不想出门，不想说话，只觉得日子过的索然无味，难以打发，且一事无成。

一日午后，阳光正好，揉了揉长期盯着电脑屏幕而感到酸涩的双眼，给自己泡了一壶上好的红茶，合上电脑，独自坐到阳台一角，边品茶边随手拿起一本书，漫无目的地翻阅。突然一张照片闯入我的视野，是一片红色的花海，有着似曾相识之感。定睛一看，不正是彼岸花么！原来，不是想象，亦不是幻觉，真的有这样一个地方存在，种植了近500万株红色的彼岸花，而那个地方就在日本东京郊外。得知这样的消息，一时难以掩饰自己内心的兴奋之情，从凳子上一跃而起，便立刻上网研究相关信息和具体地址，没有丝毫的犹豫，待到秋天来临时，我定要去寻找那片花海。

初春的时候，友人曾约我去日本看樱花，但我却很快忘记了这件事情，到了要出发时，连签证都没有去办。无奈的她只能独自踏上关西之旅。恰逢那一周，日本几乎一半以上的时间都在下雨，因此拍照的时候，她必须一手撑伞，一手举着自拍杆，还要保持姿态优雅，笑容淡定，着实不易。难得天气晴朗，便独自扛着自拍架去京都的伏见稻荷大社，在千本鸟居前给自己留一张合影，然后兴奋地传回来给我看，照片中的她，依旧是我印象中的模样，头发乌黑，笑容恬静，眼神坚定。始终觉得能够独自远行的女子，都有着非常强大的内心世界，坚强独立，从不依附任何人，知道什么叫适度拥有，习惯了独自上路，有人同行便当做是种恩赐。

最终，她不仅没有责怪我的失约，还将自己拍到的樱花照片一并发给了我，照片里，她身穿一袭蓝色长裙，在樱花树下蓦然转身，风中有无数花瓣飘落，整个画面太过美好，可往往美好的事物，却多半短暂并且易逝。

我与她通电话，告诉她这个决定，几乎是在同时，电话那头传来了十分诧异的声音：

“你要去看什么花？”

“彼岸花。”

“大家去日本都是看樱花，没有人专门会去看彼岸花。”

“我知道。”

“况且听说这是用在他们葬礼上的花朵，不太吉利，还是不要去的好。”

“没关系，我已经决定了。”

说完，我挂了电话。

不得不承认，从小自己就渴着望走出去，却又始终缺乏独自上路的勇气，

不止一次地幻想着能够找到这样一个人，愿意陪我去到一切的远方。时过境迁后，回头看一看，仍依稀记得那个去北方看海的约定，记得那个曾经说要陪我远行的男子，记得某个雨夜，那段哽咽的耳语："如果说人这一辈子注定会经历无数憾事，那么，我最大的遗憾就是在有生之年，始终未能与你牵手旅行！"

如今，当我历尽艰辛，走遍千山万水，最初那些人，那些曾信誓旦旦许下的诺言，却早已随着记忆飘散，再也寻不到任何踪迹。

终于懂得，有些事情必须独自面对，而有些地方终究是得一个人去。

没有确切的花期，没有详细的攻略，就这样带着所有的未知与疑问，我踏上了寻找它的旅途。

拖着行李箱，走在日本繁忙的车站里，周围喧嚣声不断，内心却出奇的平静，没有爱恨，没有悲喜，仅仅是怀着一个简单而又单纯的愿望，想去听一场花开的声音。找到车站一处游客服务中心，告诉里面工作着的年轻小伙，我要去崎玉县的日高市。

对，崎玉县日高市有个彼岸花公园，每年秋季，彼岸花开成海。这是我来之前唯一知道的信息，除此以外，再无其他。

热情的工作人员带我去买了前往高丽川的车票，并一再嘱咐我该从哪里上车，在陌生的国度，受到如此对待，使我这个本就不善于和外人打交道的人顿时变得更加无所适从，只能学着他们特有的方式，不断地弯腰鞠躬致谢。

一段不算很长的旅途，坐在 JR 列车上，耳机里一直单曲循环着王菲的那首《彼岸花》，林夕的词始终完美无缺，凄美的令人恻然，王菲声音则依旧如泣如诉：看见的熄灭了 / 消失的记住了 / 我站在海角天涯 / 听见土壤萌

芽 / 等待昙花再开 / 把芬芳留给年华。

到达高丽川站的出口处，看到楼梯两边墙上艳丽的彼岸花彩绘。它们三株簇拥在一起，分别是含苞待放，初放和盛放时的模样，惟妙惟肖，逼真至极。顿时我全然忘记了舟车的劳顿，也顾不上先找酒店入住，询问到车站门口有前往那里的班车，拖着行李箱便坐了上去。

彼岸花公园在一处叫“巾着田”的地方，公车沿着乡间小路缓慢地行驶，十几分钟后，便到了目的地，起身，按动扶手上的按钮，示意下车。之前没有在日本坐过公车，不太清楚应该投多少硬币，于是将一大把硬币握在手里递给司机，想着他应该会从中顺利找出该支付的车费。司机是位中年人，他说了一通自己完全听不懂的日语，我楞了一下，忐忑地问：“Can you speak English？”然后，又是一连串日语，这才反应过来，此刻我在日本郊外，几乎没有人会讲英语。不知所措的我，拎着箱子，站在公车门口，司机一直在说日语，看我不明白，情绪略有些激动，微微涨红了脸。我大概能猜出他的意思，是问我从哪站上的车，可他只懂日文，怎么说才能使他明白呢？正当我一筹莫展的时候，从车厢中传来一位中年妇女的声音，她用日语和司机进行了最为简短的交谈，大叔便立刻豁然开朗，迅速从我手中找出几个硬币放入投币口，然后微笑着向我点头致谢，没等我反应过来，车早已消失在眼前，甚至我还不知道那位好心的妇女长什么模样，更没有机会向她道谢，倒是回想起刚刚司机急红了脸的样子，觉得甚是可爱。

沿着箭头的指向，走在乡间的小道上，当看到不远处“巾着田曼珠沙华公园”这几个字时，内心持久的平静终于被打破。我一意孤行地赶来，赴这场盛大的宴席，可迎接我的不是开到忘记生死的红色花海，而是一整片的翠绿。公园门口没有任何游客，显得异常冷清，不远处田埂上不知名的野花倒是开的十分茂盛，有当地人带着小孩在田野间嬉戏。

独自走进公园，到处是一望无垠的绿叶，那是彼岸花的叶子，当花落尽之时，叶子才会开始生长。记得来的途中看见路旁的花期预报，上面分明写着曼珠沙华的花期是九月底至十月上旬，究竟是什么时候凋谢的？无人知晓。又或许，我仅仅只是迟到了一天，便这样与它错过了。似乎越是短暂的东西，人们越是想要占有，可任凭它再怎么凄美的倾诉，最终都将归于此刻的沉寂，它不会知道你如此声势浩大地为它前来，亦不会为任何人停下离去的脚步。

JR 高丽川站出口

彼岸花叶

巾着田曼珠沙华公园

据说彼岸花是开在黄泉之路上的花朵，如友人所言，在日本，人们把它用于葬礼或者扫墓，如此鬼魅的花朵，从一开始就带有某种毁灭性的本质，正因如此，也注定了它将承受一世的孤独。

你可以喜欢玫瑰，百合，也可以喜欢茉莉，海棠，世界上有那么多美好的花朵，为什么偏偏要喜欢彼岸花？之前曾不止一人这样问过我。答案其实很简单，因为它如此的决绝，不可靠近，而其自身所散发出来的鬼魅气息，却又充满着致命的勾引。

我给友人发短信，告诉她彼岸花已然凋谢，只寻到它的叶子。

她的回复竟让我有些哭笑不得，她说：那多好啊，很少有人能看到它的叶子，你等来年再去看一次花，这样便圆满了。

花自凋零吾不见，共怜福分几生修。

当我踏上归途的那一刻，终于能够坦然地接受这个事实，回头再望了一眼公园，希望记忆能将这个的场景清晰而又长久地保留下来。一定要记得，当初花开的有多盛大，此刻便有多寂寥。默默地告诉自己，再一次回到这里，这是你与它不变的约定。

转眼之间，几年过去了，那个信誓旦旦说要再回去寻花的誓言一早便被抛到了脑后。前不久，和友人逛中山植物园，突然看到不远处有一小片红色的花海。走进一看，竟然是彼岸花。在阳光的照耀下，红的如此触目惊心，如同一种昭示。瞬间，所有关于它的记忆再次被唤醒，不觉泪湿了眼眶。

或许这一生，与任何地方，任何人相遇就如同这花朵般仅是一期一会，一生一会。

此刻，东京郊外，彼岸花开成海，而我，却迟迟未来。

梦里的记忆

日本 • 奈良 & 京都

如果你没有到过奈良和京都，那便不算真正去过日本，它们仿效长安所建，一直以来都被誉为日本民众的精神故乡，同时也是日本文化的源点和象征之地。我很好奇，他们眼中的“故乡”到底是什么样子，总想去看个究竟，于是赶在枫叶还未完全掉落的时候，买了张机票，准备穿越一次时空隧道，回到千年以前的中国盛唐。

【奈良】

雨夜，初访奈良。

从车站出来的时候，外面起风了，空气湿冷，下意识地裹紧外套，朝着酒店方向走去。不远处的巷弄里已经点起红色的灯盏，没有绚烂霓虹，没有人群涌动，奈良的夜安静得有些令人吃惊。撑伞走在石板道上，听见雨水滴落下来发出的嗒嗒声，看到夜色中寂静的街道，一时竟然有些恍惚，忘了自己身在何处。

第二天，起得还算早，我吃过简单可口的早餐，准备出门。在奈良，时间仅是用来浪费的，不需要制订计划，也不需要任何交通工具，记得带上相机便好。漫不经心地走在街道上，看古老的仿唐建筑群，看传统的手工艺人制作烛台，或是误打误撞走进一家店铺，给自己挑一款心仪的手帕，我们日常生活中早就被取代，被忽视的工艺在这里得到了很好的传承与发展。不一会儿，我便迷失在了小巷中。正不知所措的时候，看到不远处店铺的广告牌有着一个很诗意的名字：风恋人，索性朝那方向走去，谁知出了巷弄竟又与一间不知名的寺庙不期而遇。原来即便迷失，仍会收获惊喜。

風恋人
ふれんど
MABUHAY
SNACK
マブハイ
一楽
大関
和風スナック
吟
VISA

一家店铺内正在展出青花瓷器，撩起门帘，好奇地走了进去。这是一间很小的铺子，在巷弄中并不起眼的位置，两张桌椅，过道狭小，连转身都有些许的困难，过道右边有一排玻璃橱窗，上面放置了各种各样的器物：小酒杯、咖啡杯、盘子、碗、花瓶等等，颜色各异，有的还绘有不同的花纹。器物的底下均有标签，上面清楚地注明了作者的姓名和物品的价格，显然这些小物件都是独一无二的纯手工艺品。此时，一位年轻的男店员热情地迎了上来。点了一份芝士蛋糕和一杯果汁，蛋糕奶味浓郁，甜度适中，非常好吃。当我仍在回味的时候，老板回来了，是一位比较年长的老人，穿一身黑色的西服，彬彬有礼，笑容亲切和蔼。他领着我慢慢走上狭小的楼梯，这才明白，原来上面还有一间阁楼，真是别有一番天地。

架子上展出的青花瓷器图案大多以花草为主，绘有荷叶、葡萄、百合以及牡丹，有幸见到了它们的作者，是一位年仅三十岁左右的青年女子。临走前，看中了一只杯子，白底蓝花，简单素雅，决定买下，请她在卡片上签名，亦是流露出受宠若惊的表情，小心翼翼地写下了自己的名字：本多亚弥。

再次回到车站时，天空开始飘起了细雨。

门前的广场上身穿华丽太平服装的队伍已经集合完毕，正准备前往东大寺参拜，这才知道自己赶上了奈良每年都会定期举行的平城京天平祭。有时候你心心念念想去往某处，甚至为此制订了很精准的计划，要去到哪里，要吃什么，但多半并不圆满，反而是这般没有目的随性游走，却收获了许多意想不到的惊喜。某种程度上，我甚至认定这是冥冥之中的刻意安排，奈良正在为我打开一处通往长安的入口。

跟随游行的队伍，在细雨中安静缓慢地前行，此刻的奈良到处都充斥着

中国唐朝时长安城的气息：古老的寺庙，仿唐的建筑，身着古代服装的侍女和文武百官，雨中的奈良公园，身边随处可见的小鹿，这一切是如此真实，远胜过无数的梦境。走到东大寺神社门口找了一处石凳坐下，静静地看着参拜队伍中一群男女以布遮面，开始舞蹈。突然，一只小鹿从旁边草丛里钻了出来，水灵灵的大眼睛一直盯着我手中的食物，没等我将袋子完全打开，便凑了过来，吧嗒吧嗒舔了我一手的口水。不一会儿，手中的食物就被吃了个精光，它也理所应当地摇了摇头，跑开了。

雨下大了，参拜提前结束，我也准备起身返回住处。人群中，看到一位身穿浅粉色小碎花和服的日本姑娘没有打伞，迈着小碎步优雅地在雨中行走，不紧不慢，任雨水打湿衣衫，好似开在雨中的一朵海棠花，是如此的明艳、动人。

在奈良最后的时光，毅然决定冒着暴雨去趟兴福寺。四周交错的巷弄，光滑的石板路，飘落的红枫，雨雾中的五重塔，这一切都令我心生眷恋。

秋风生渭水，落叶满长安。

你我的相逢，始终天意常在。

【京都】

从奈良到京都，乘坐 JR 绿色列车。半小时后，我第一次在夜色中看到了京都塔。在站前的广场上等车，不远处有几个年轻人拎包走出车站，相互道别。他们不厌其烦地挨个互相鞠躬，转身离去后仍频频回头挥手，如此慎重的方式，在日本很常见。记得学生时代，每次回学校母亲送我去车站，自己总是头也不回地走掉。现在常年漂泊在外，却越来越见不得分别的场面。但凡母亲要送我，进站后总会先回头望一眼，如果她还伫立在那里，便对其挥手,示意她赶紧回家,只有看到她的背景完全消失在人群中,才会放下心来。随着年龄的增长，你定会明白，每一次告别的意义，并对这份感情更为珍视。

没有预定到传统的日式旅馆，叫了辆出租车前往酒店。透过玻璃窗向外望去，这座千年古都，它的步调始终清晰而明确。这么多年来，任凭日本如何的飞速发展，它依旧保持着自身的缓慢节奏，不紧不慢亦或索性停滞不前，即便如此，仍有越来越多的人们专程为它而来。

司机大叔十分绅士地询问："是第一次来京都吗？"

"是啊。"我回答。

"希望你能喜欢这里。"

"我想一定会的。"

车很快到了目的地，与司机道谢后，提着箱子找酒店准备入住。按手机上地图标明的位置确实是在这里，环顾四周却没有找到酒店的大门。打开 Booking 再次确认地址，原来是在前方一百米处。当我准备拖着箱子往酒店

夜色中的京都塔

方向去时，刚才的司机竟然回来了。他将车打了双跳停在路边，一路小跑过来，边喘气边连声说着抱歉，然后不容分说地将我手中的行李箱和背包夺了过去，把我带到了酒店门口。临走前，仍不断地鞠躬以此来表达自己的自责。想来，他肯定是在我下车后才发现地址有误，于是立刻开车返回这里，虽然这中间仅仅只差了一百米。人与人之间如此认真地对待，让我感受到了这座城市的温情，并开始喜欢上了这里。

阳光明媚的午后，按计划前往金阁寺。

它应该是京都最具代表性的一座寺庙了，外观恢宏，贵气十足。还没跨进金阁寺的大门，一张用毛笔书写的签纸便递了过来，上面写满了祝福的话语，还盖有红色的印章，这是门票吗？这真的是门票！当我还在仔细欣赏手中这件艺术品时，眼前闪现出一道明亮的光线。抬头一看，一座贴满了金箔的殿阁漂浮在一片宁静的莲池之上，在阳光的照耀下，通体发出金灿灿的光芒，绚丽华美至极。天气晴好，湖面上清晰地呈现出殿阁金碧辉煌的倒影，连同周围的松柏以及蔚蓝的天空。人们纷纷驻足欣赏这如画般的美景，几个身着和服的年轻姑娘，兴奋地举着相机，不断地按下快门。

沿着湖边缓慢地行走，无论在哪个角度观赏，湖中的金阁寺都是一件不朽的艺术珍品。它吸引着所有人的目光，一路上，人们止不住频频为它停下脚步。来到大殿前，将硬币投入箱内，为自己求了一枚签。从下方的解签来看，是一支吉签。于是小心翼翼地将它折起来，放入口袋。据说在日本的寺庙求签，如果是支好签可以自己带走，象征着把好运一同带走，而不好的签就要绑在寺庙或者神社的架子上，让神明来化解厄运。

出了金阁寺，继续往前走，终于赶在夕阳西下前到达龙安寺。如此行色匆匆只因这里有我一直心心念念的枯山水庭园。此刻，已临近黄昏，游客不多，正合了我意。在一处长方形的庭院内，铺满了白沙，十五块大小不等的石头以特定的布局放置其中，无论从哪个角度观赏，都会有一块石头隐身不见。我和几位外国游客一起静静坐在庭院边的台阶上，或凝望，或沉思。这些石块共分为五组，每组都以苔藓镶边，再往外则是耙制而成的同心波纹。整个庭院的布局意境并没有固定的思维模式，每个到访的游客都可以凭借自己的内心去理解与感悟。那一刻，四周寂静无声，看着眼前的枯山水，我终于跳脱出以往陈旧的思维模式，愿意重新开始审视我眼中这方真实的土地，不偏不倚地给予它最为中肯的评价。

最后一日，我将时间都留给了清水寺。

清水，光听这个名字就会让人心向往之，何况它又以求姻缘灵验著称。一路上到著名的清水舞台，在人群中找寻一处最佳的观赏位置，放眼远眺，顿时整个京都的美景便一览无遗。春天看樱花，夏天看翠柏，秋天看红枫，冬天看雪景，无论何时前来，都有绝佳的美景在此处等待着你。一路上，.无数的少男少女们身穿和服上到地主神社，虔诚地给自己求一支签，祈愿能有一段美好的姻缘，即便是这样的淡季，都依旧保持着超高的人气。从寺庙下来，到“音羽瀑布”如愿喝到了据说包治百病的泉水，然后回二年坂吃一顿传统的豆腐料理。食物被陆续端了上来，一小碟、一小碟瞬间铺满了整张桌子。豆腐新鲜，口味清淡，吃完一道撤走一道，整个过程不紧不慢，井然有序。

日暮时分，再一次途径祇园。

印象中的京都不仅有红叶掩映中的古老寺庙，静谧的枯山水，还少不了艺妓浓妆下的笑靥。而此时的花间小路却不见艺妓的身影，显得格外清静。仅剩下道路两旁忽明忽暗的灯盏，一直指向路的尽头，夜色下的京都再一次让我产生了时空交错的幻觉。

暗夜中，我与它正式告别。

这一次，事先准备好的泪水和感伤都没有派上用场，因为我知道，有些地方注定会是你宿命中飘忽不定的牵引，必定得抵达。

京都
祇園ホテル
献燈

心镜

缅甸・蒲甘

清晨四点多，我和D骑着一辆小型助力车，借着微弱的黄色车灯，小心翼翼地行驶在广阔的蒲甘平原上。此前我对这儿几乎一无所知，只因那数以万计的佛塔有着如磁铁般的吸引力，所以刚落地缅甸，就直奔蒲甘而来。

车在凹凸不平的乡间小径上颠簸着，四周漆黑一片，万千佛塔仍在沉睡，蒲甘的清晨静得有些出奇，偶尔有骑摩托车的当地人擦身而过，嗖一声便不见了踪影。到达瑞山都塔（Shwesandaw Paya）时，和蔼的守塔老人用手电照亮了登塔的石阶，我将鞋脱下，撩起长裙便迫不及待地往上爬。这是蒲甘最为著名的佛塔之一，位于整个平原的中心地带，是为数不多的可供游客攀爬的佛塔，也是观赏蒲甘日出日落的绝佳之地，因此被人们亲切地称作“瞭望之塔”。佛塔的整个石阶沿塔外向高处伸展，共有三层平台，越往上爬越陡峭，D跟在我身后，见我准备一口气爬上塔顶，连忙喊道：“危险，注意脚下，别踩空了。”的确，在黑暗中爬一座高塔并不是件十分轻松的事。我放慢了脚步，怀着敬畏之心，低头一步一步向上登，像是奔赴一场神圣的盛会。到达最高处时，东边的平台上已经站满了人，原来我们到的并不算早，甚至有人通宵在此守候，只为亲眼目睹这几千座佛塔沐浴在朝阳中的壮观景象。

找了一处角落坐下，开始静静等待着黎明的到来。天尚未亮，游客却越来越多地聚集于此，我旁边站着一位中国小伙，兴致勃勃地举着相机仰头拍照。我顺着他指的方向望去：深邃的夜空中无数星星正闪耀着如钻石般的光芒，在暖黄色的灯光下若隐若现。这座神圣伟大的“万塔之城”用它特有的方式，将我带向了凡尘外的另一个世界。

天微微亮了。极目远眺，在一望无垠的平原上，无数座大小不一的佛塔逐渐露出了它们模糊的轮廓。不一会儿，天边出现了一道淡淡的红霞，底下

在瑞山都塔上静静地等待日出

还弥漫着一层轻飘飘的薄雾，犹如一条白色的绸带将所有佛塔缠绕其间，远远望去，虚无缥缈，好似梦境。在青翠的丛林间，在视线所及的每一个角落，佛塔无处不在，两位身穿黄色袈裟的僧人面对着塔群，双手合十，开始祷告。

云层逐渐退去了，几道霞光射向天空，太阳从东方缓缓升起。伴着清晨第一缕柔和的阳光以及丛林间清脆的鸟鸣，蒲甘平原上所有的佛塔仿佛在瞬间“苏醒”。它们开始显现出自己原本的线条和色泽，无论是赭色还是灰白都不可避免地被朝阳镀上了一层金光。无数热气球飘向天际，游客们在一片惊叹声中迎来了属于自己崭新的一天。

日出一过，温度开始急速升高，短短几分钟，游客全都散了，我依旧呆呆地坐在石阶上，任阳光抚摸着自己早已发烫的脸庞。眼前这片望不到尽头

的佛塔，它曾无数次出现在我的梦境里，此刻梦变成了现实，反倒是令人不太敢相信了，灵魂早已随着朝阳飞到了空中。这是我迄今为止遇到的最震颤人心的美景，它并不是镜头下几幅静止的画面所能诠释的，它的意境唯有你身临其境才能够全然体会。D看我一动不动地坐着，倒也不急着催促我走，毕竟这是难得可以独享的清晨时光。

从塔上下来，我们开始为另一个问题苦恼：面对平原上2000多座佛塔，到底该从何处开始游览呢？正当犹豫不决时，我看到了阿比雅达那寺（Abeyadana Pahto）的指示牌，没等D将车停稳便一跃而下："就它了，据说这里有十分精美的壁画。"整座寺庙规模并不算大，也不见任何游客，庙门上挂了锁，可能与气势恢宏的佛塔相比它并不算出众，因此看守人没料到清晨便会有人到访。几分钟后，一位中年妇女匆匆赶来，得知我们要进去参观，立刻打开了庙门。

Abeyadana 原意便是“被遗弃的宝石”，这与它本身的处境倒是十分契合，而我也独爱这份落魄的美感。

庙里没有灯光，十分昏暗，要借助手机微弱的灯光才能将壁画看个大概。整面墙上绘的都是佛像，除了观世音菩萨还有印度教的一些神灵。妇人告诉我，这里的壁画曾一点一点地被清洗过，是在 1987 年由联合国科教文组织的。最初这里便是以古老的壁画而闻名，可即便是清洗过，要想全部修复仍是件不可能在短时间内完成的任务，因此神殿中一座巨大的佛陀坐像仅是部分被修复过，在暗淡的光线中，留下了一个凄美的轮廓。当我们离开时，我看见她再次小心翼翼地将庙门上了锁。

到达马努哈寺（Manuha Temple）时，我和 D 才开始感觉到饿，早餐时间已过，好在街头有卖汤面的摊位。我一边吃面，一边看着狭小街道上的人群。男子们穿着传统的“罗衣”嚼着槟榔四处游走，妇女和孩子们脸上都涂了层厚厚的檀娜卡（Thanaka），这是一种用黄香楝树树杆等纯天然材料加水研磨而成的化妆品，当地人用它来驱赶蚊虫和防晒。原来，这才是缅甸，它与我到过的别的东南亚国家截然不同，是一个如此神秘的国度。

正这样想着，迎面走来了一对缅甸母女，小女孩头戴花环，拉着妈妈的手，边走边用害羞又好奇的眼神望向我，似乎藏着什么心事，想说却欲言又止。寺庙前的广场上有许多孩子在玩耍，见到我们，兴奋地指着身后的庙宇喊着什么，是完全听不懂的当地语言。走进庙堂后我才知道他们刚刚的用意，可能是想让我们来看整个蒲甘最大的一尊卧佛。这尊向右侧卧的佛像实在是太大了，砖墙内除了佛像外再无任何可插足之处，似乎要将整间屋子撑破，一种巨大的逼仄感迎面而来，我刚走到门口，就被吓得退了回来。再次回到前殿时，一位年迈的老人正独自跪坐在佛像前，目不转睛地仰视着佛像，嘴里轻声地念诵着经文，是那么虔诚，那么专注。在这里，他们即便过着穷困潦倒的生活，也愿意将自己大半的收入送进庙堂。

“实在是太多了。”正午十分，又累又渴的 D 面对着烈日下数不清的塔群，无奈地瘫坐在地上。的确，光是这佛塔的名字就足以令我们眼花缭乱了，可时间有限，因此，不得不珍惜在这里的每分每秒。我一把将 D 拉起来，指着不远处的一座佛塔说：“就快到了，到时候我进去，你在门口休息。”

几乎没有办法再超越了，苏拉玛尼寺（Sulamani Pahto）绝对是蒲甘无数佛塔中我最喜欢的一座。它不

仅建筑结构精美，而且内部绘有大量彩色的壁画。行走其间，时光似乎一下倒流，无论是装饰性的线条还是墙面和壁柱上的雕刻都代表了当时整个蒲甘王朝的最高水准，关键所有一切至今仍保存得相当不错。当窗外的光线照射进来时，在古老、幽暗的角落里，我看到光与影的变幻，并久久不愿离去。

一整个午后，我都在研究这些壁画，早忘了D还在寺庙门口等着我。后来我才知道，他和闲来无事的缅甸人一样，躺在了庙宇门口的石阶上，阵阵微风吹送，不一会儿便睡着了，恰好躲过了正午的傲阳。

马家辉曾在书中提到：缅族人视

苏拉玛尼寺（Sulamani Pahto）

周三为两日，上午一日下午一日，一周有八天。因此，他们的“心理时间”要比别人多上一天，英国人就因缅甸人日子悠闲做事又慢称他们为“蝴蝶民族”。而就在最近，这只“蝴蝶”终于忍不住发出了愤怒的嚎叫。

蒲甘的最后一日，傍晚时分，在古老的布勒迪塔（Buledi Phaya），来自世界各地的游客都在等待着一场壮观的日落，可惜天公不作美，天边厚厚的云层将夕阳整个遮挡住了，只能眼看着它在云雾里缓缓下沉。所有人都失望了，准备起身离去，突然间，一道金光破雾而出，平原上数以万计的佛塔瞬间“复活”，放射出耀眼的光芒。

佛语有云：心如明镜，能照万像。或许只有心净了，才能听见自己内心的声音；只有心清了，才能照见万物的本性。我相信，当明天的太阳从无数佛塔上空再次升起时，他们定能在漫长的暗夜中看到涌动的一丝光亮。

去乌本桥看一场日落

缅甸 • 阿马拉布拉

记得很多人问过我："你整天在外旅行，时间久了，不累吗？"我的回答相当干脆："累是必然的，看你如何调整自己。"曾经，有一年多的时间，我四处游走，家成了短暂休息的旅馆，各地的旅馆却变成了家。当上班族们精神抖擞地出现在办公室时，我仍不知疲倦地奔波在路上，日夜颠倒。日子就在这不断告别和出发中急速地流失，清晨醒来时，常需要花上几分钟来确定自己是在哪里，又将何时离去。

我过着在别人眼中看似不可思议的生活，自己却依旧乐在其中。有些地方，待上许久仍不知厌倦，一去再去；还有些地方，刚刚抵达便想着离开，哪怕一分钟都不愿多待。累了便休息，不累就继续往前走，对于喜欢的东西有固定的标准，对于未知的世界始终充满期待，这便是我行走的态度。

曾在一本书中看到过一段关于旅人的描述，讲得有些玄乎。上面说，当你出门开始旅行的时候，因为来去匆匆，灵魂总要比自己身体移动得慢一些，就像所谓的"灵魂出窍"。起初，我不以为然，只当它是个传说中的故事。后来，一次无意中听到女孩巴克讲述她在澳洲拉伽玛努原著民区真实的生活经历，有句话令我记忆犹新：如果你走的太快，灵魂会被甩在后面。讲这话的是当地部落的族长，在他们看来，做任何事都必须慢慢来，唯有这样，灵魂才能够跟得上自己的脚步。仔细想来，不管是否真有“灵魂”一说，这样的态度都值得被推崇。此后，无论在哪里，经历着什么，我都会时刻提醒自己尽量放慢脚步，放慢思绪，生怕一不小心就把灵魂给弄丢了。

可这种担心在缅甸，显然是多余的。

这真是一片神奇的地方，公路破烂不堪，尘土无孔不入，随时可能停电，房屋低矮简陋，很多地方没有网络，有网络的地方信号又差，但寺庙却个个金碧辉煌，奢侈至极。几天后，我终于对这个原本陌生的国度有了一个大体的印象，并开始欣然接受这一切，我诧异于自己为什么会在短时间内有如此大的转变，再回想初到时那一脸嫌弃它的模样，到底是什么起了作用，令我心甘情愿将自己完全交付于这片贫瘠的土地？

为了寻找答案，当看过蒲甘的万千佛塔，到过风景如画的茵莱湖后，赶在这趟旅程结束前，我去了位于阿玛拉布拉的乌本桥（U Bein Bridge）。它离缅甸第二大城市曼德勒有大约 40 分钟的车程，考虑到时间因素，找了辆当地的小型汽车，车主是个中年男子，正坐在车旁的树荫下乘凉。他缓缓地咀嚼着口中的槟榔，任血红色的汁液将嘴唇整个染红，见我走了过去，便张开他那“血盆大口”问道：“Where would you like to go？”（你们想去哪？）“U Bein Bridge.”我说。听到这个名字，他果断地拍着胸脯连声说道：“I know.”不知是被他的气势给镇住了，还是被他那满嘴的红汁给吓着了，我和 D 互看了一眼，没说一句话便跳上了车。

到达时我看了看时间，刚过下午四点，而不远处的桥上却早已是人头攒动。

面对如此长的柚木桥，D一点也没有从这头走向另一头的想法，到是看见一处卖食物的摊位，索性要了张凳子坐了下来。摊子的主人居然是个十岁左右的小男孩，黝黑的肤色，会说简单的英文，见来了客人，热情地将罩在食物上的罩子逐一掀开，都是一些简单的食物，烤过的鱼，蟹和几样我叫不上名的当地小菜。吃饭时，他除了给我们不断地驱赶苍蝇，还不忘递上水和纸巾。要知道，在我们国家，这个岁数的孩子都在上学，过着衣食无忧的生活，可这里的孩子们却大多无力支付这笔高昂的学费，只能出来另谋生计。

其实，初到缅甸那会儿，我整个人都是崩溃的。来前，虽做足了它是东南亚最穷国家的准备，但这儿的一切还是远远超出了我预期。什么都没有，什么都不能过分奢求，在深知了这点后，我开始明白缅甸人民的无奈，并试着将自己彻底地放开。于是，我和当地人一样，放下手机，抛开杂念，平静度日，反而给了自己更多时间去沉思和自省，去留意周遭的人和事。几天过后，停电、断网、脏乱、炎热，这一切都变得不再重要，就像此刻，在苍蝇成群的路边，吃一碗从孩子手中递过来的简单饭菜，亦能嚼得津津有味。

时间尚早，D坐在桥下，看着来往的人群，那悠闲散漫的状态像极了缅甸人。我心有不甘地跨上长桥，上面来往的多半是当地人，见到游客会一起投来好奇的目光。没走上几步，我也只能放弃了，它实在是太长了，没有极大的勇气和毅力真的很难完成。也罢，当我回到桥下时，D已经和两个欧洲游客租好了小船，正等着我出发看日落。

十几分钟后，夕阳开始慢慢落下，船夫载着我们将小船划到最佳的观赏位置，仰头的瞬间，整片天空都变成了橙红色，乌本桥在晚霞的映衬下散发出一种陈旧古朴的美，上面来往的行人身影缥缈，远远望去，好似一幅绝美的画卷。风停了，时间静止了，整个世界在一瞬间变得金碧辉煌，所有语言都在此刻失去了力量，只剩下周围不断按动快门的声响。

没过多久，夕阳开始跌入了水面。它与水面越来越近了，我知道这动人心魄的美景即将退去，身边的英国女孩见我满脸的不舍，主动留出位置让我拍照，我连忙摆手让她坐

好，其实，此时此刻，我唯一想做的只是放下手中的相机。

临下船前，她好奇地问："你是怎么知道这里的？"

"因为一本书和一个西班牙人。"这时，我才恍然忆起几个月前的一次偶遇。

那天，我从吉隆坡转机，在仅剩的几个小时里，自己抽空去了趟唐人街。快速的节奏，没留给我任何喘息的机会，但饭总归是要吃的，正好趁此停下来歇一歇，这样想着，抬头便看到了"金莲记"。这家中餐馆位于茨厂街，整体的红色装潢使它看上去格外地显眼，客人很多，屋内早已人满为患，索性就坐到了街边。等餐的间隙，我看到前面不远处坐着一个欧洲人，板寸头，穿粉色的T恤，边吃饭边看着手上的一本《Lonely Planet》。我问："能将你手中那本LP给我看一下吗？"几乎没有丝毫的犹豫，他立刻将书递给了我。那是一本很厚的西班牙语攻略，封面上是一座木质的长桥。

我有些不确定的问道："这是缅甸？"

"是的，我刚去的地方，这座全世界最长的柚木桥，落日的时候会很美。"

西班牙人向来爱狂欢和冒险，为什么偏会选择东南亚旅行？对于我的疑问，他笑着说道：“没什么，因为喜欢。”简单的只言片语，却将他们一贯热情爽朗的性格显露无余。他说，自己有三个月的时间可以随意支配，所以就背着包出门了。在此期间，他要尽情享受旅途的乐趣，而三个月后他会回去工作，认真地将该做的事情做好，等哪天疲倦了，还会继续上路。说这段话的时候，街道上的喧嚣声丝毫未减，空气中弥漫着各种气味：中国菜的香味、鲜花的芳香以及仅属于夏天傍晚特有的气息。

我在一旁，认真地听他讲述着。一直以来，自己对西班牙的了解，仅限于他们热情奔放的弗拉门戈舞，潘普洛纳令人为之疯狂的“奔牛节”以及充满着奇幻风格的“巴特罗之家”。而听完眼前这个西班牙男人的讲述，不禁发现，在他们洒脱不羁的性格背后，也有着令人吃惊的成熟与稳重。

告别的时候，他起身送我到巷口，一边很绅士地伸出右手，一边微笑着对我说：“祝你旅途愉快，有空去缅甸的话，记得去乌本桥看日落。”说罢，指了指封面上的照片，我笑道：“当然，当然。”

我们一生中，不知道会有多少次这样的相遇，在某个特定的时间和地点，短暂地邂逅，然后告别，此生不会再有任何交集。可也正是无数个这样的瞬间，才使得旅途中每一次相遇变得格外珍贵。谁又能料到，几个月后的今天，我竟然真的站在了乌本桥下，看到了他口中所说的绝美日落。

真的要离开了，才猛然发现，自己早已找到了灵魂的归属。

生命很短暂，我们每个人来到这个世界走一程，无论时间长短，最终都将尘归尘，土归土。而我们曾以为可以握在手中一直不放的东西，其实也没有任何一样能够真正属于自己。

如果，注定所有的地方都不是家乡，那么，家乡便可以是任何地方。

后　记

花未开全月未圆

此刻已是凌晨五点多，窗外无边的黑夜渐渐显现出一丝光亮。这个夏天，在家里写作，经常日夜颠倒地过活。正因如此，我不止一次地看到过昼夜交替的那个瞬间，听到过清晨最初的那声鸟鸣。随后，楼下的市场开始变得热闹起来，住在隔壁的老人每天都在六点准时出门，从无例外。通常这个时候，我的眼睛开始感到酸涩。摸一摸发烫的电脑键盘，知道已无法继续，于是按下关机键，将窗帘拉上，塞好耳塞，睡觉。

醒来的时候多半已将近黄昏。起床，喝下一整杯水，然后出门。一个人独自在夕阳下散步，去附近的公园坐上一会儿。公园里有一只流浪猫，和我家的“黄梨花”长得几乎一模一样。

它肆无忌惮地霸占着一整张长椅，舒展开身子，睡眼惺忪地趴在那里，小脑袋枕在其中一条腿上，一副永远睡不醒的模样，亦不怕生。我坐过去，摸了摸它的小脑袋，它似乎有所察觉，头微微抬了一下，知道我并无恶意，又继续睡去。有几次，我特意将家里的猫粮装了一些带过去，它仰头望着食物，开始撒娇，发出嗲嗲的叫声。一旦我将食物放下，小脑袋便再不愿抬起，直到食物被吃光。那天傍晚，刚下过一场雷阵雨，我去公园却不见它的踪影，找了它经常活动的区域，依旧一无所获。当我失落地往回走时，意外地在一棵大树下发现了它。小家伙浑身湿漉漉的，孤零零地坐在那里，正伸长了舌头认真地舔毛。看着那楚楚可怜的样子，真想不顾一切抱它回家，但我经常需要外出，时间不定，地点不一，自己家里两只猫都无法照料周全，更无力再负担其他生命的存在。

每次出远门，两只猫咪都会被我送去寄养。有一阵子长期在外，不得不将它们暂时寄放在朋友家中。短短两个月时间，小黄便逃跑过两次。每次它都是将窗户门扒开，奋力从六楼的窗台上往下跳，幸运的是居然毫发无伤。头一次在楼道口被发现，另一次则是在小区的院子里，它用如此直接的方式，向我发起抗争，告诉我如果做不到长久的陪伴，说不定某天便会突然失去它，没有任何可以挽回的余地。那阵子，我精神高度紧张，经常梦见自己徘徊在街道上，四处寻找它的身影，是那么的无能为力。有人说，习惯走在路上的人，必须习惯无情。然而所有的感情，如果一旦舍得交付，便已经失去了自主权。不得不承认，时至今日，我依旧无法坦然地面对分离。

这几年我长期在外行走，最近一次远行是在今年四月，去了趟色达，心灵受到了前所未有的洗礼。那是我第一次看到成千上万身穿红色僧袍的修行者，第一次感受到灵魂深处那不曾动摇的信仰，是如此的坚定清晰，充满着足以震撼人心的力量。回程途中，信号断断续续，时有时无，得知尼泊尔地震的消息时，汽车仍在山路上盘旋，底下依旧是湍急的河水。司机突然的一个急刹车，将所有乘客从睡梦中惊醒。不知是不是受到了地震的影响，路上散落着从山上滚落下来的巨大石块，挡住了前方的道路。司机小心谨慎地绕了过去，但前方路况怎样，会不会仍有突然滑落的石块，一切都是未知数。那一刻，我想起曾经的过往，想起旅途中出现在自己生命里的人和事，一下子百感交集，面对着车窗外的群山，留下泪来。

一周之后，从零度以下的雪域高原回到南京，发现天气已经转暖。我竟把春天给弄丢了，在不知不觉间。此后的几个月，我将自己关在房间里，开始写作。期间会播放一些曲调舒缓的音乐，累了便去厨房泡杯咖啡或去客厅看部电影，这是一个痛并快乐着的过程。

不得不承认，写作让我成为了一个念旧的人。很多次，在寂静的深夜里，面对电脑键盘敲下一行行文字，写到一半时又不顾一切地推翻重来。许多可以被时间过滤掉的往事，那些隐藏在内心深处的记忆，因为写作而不断重复地被唤醒，被揭示，不知不觉就湿了眼眶。

书写本是一件很自我的事情，但如果这些文字此后将面对更多的人，就会被赋予新的意义，它令我紧张与不安。在最炎热的七月，有段时间我连续性失眠，整夜整夜地睡不着，并且开始怀疑自己，手边的工作几乎完全停滞。面对一场不断与自身对抗的持久战，战胜自己

Pm 08:30
Closed on MONDAY

是必须做到的。后来，我逐渐尝试着抛开一切顾虑，仔细倾听自己的内心，用最为诚恳的态度去书写。

这虽是一本与旅途相关的书，但你从中却能够看到往事的痕迹、情感的宣泄以及关于内心的诸多思考。当然，那些在旅途中所发生的故事，那些最初的温暖与感动也都会在此留下印记。

此刻，我交付出了自己全部的真实感情，想说的话已被瞬间掏空，希望通过文字，能将你我之间的距离无限拉近。

当然，这一切仅仅只是个开始，它将带我走向一条全新的、未知的旅途。

花未开全月未圆，一切都是过程，一切仍有余地，我会记得慢慢来。

前路未远，脚步不停，下一站

——斯里兰卡